Fritz Fassbinder

Die Wärme der Wölfe

Fritz Fassbinder

DIE WÄRME DER WÖLFE

UND WENN
WIR VERLIEREN,
DANN SCHLAGEN
WIR ZU

Loewe

Für Pädagog*innen haben wir eine kostenlose Unterrrichts-handreichung unter www.loewe-schule.de bereitgestellt.

FSC
www.fsc.org
MIX
Papier | Fördert gute Waldnutzung
FSC® C014496

Klimaneutral
Druckprodukt
ClimatePartner.com/18521-2202-1001

ISBN 978-3-7432-1521-4
1. Auflage 2024

Umschlaggestaltung: Johanna Mühlbauer
Printed in the EU

www.loewe-verlag.de

Für Katrin, Leonie und Paul

PROLOG

Mam sitzt in der zweiten Reihe und kämpft mit den Tränen. Ich will ihr etwas zurufen, bringe aber keinen Ton heraus. Der Kloß im Hals lässt mich fast ersticken und mein Herz schlägt schon seit ich hier bin wie ein Presslufthammer.

»Abführen!«, hat der Richter gerade dem Mann in Polizeiuniform befohlen, der am Eingang steht. »Dann bekommen Sie schon mal einen Eindruck, was vielleicht auf Sie zukommt. Wir ziehen uns zur Beratung zurück.«

Sie legen mir Handschellen an. Meine Hände zittern. Der Schweiß auf meiner Stirn fühlt sich fast so kalt an wie das schwere Metall. Was hat er gesagt? *Was vielleicht auf mich zukommt?* Mir ist übel und in meinem Kopf geht's zu wie auf einer Achterbahn.

Ich schiele zu Mam, traue mich aber nicht, ihr in die Augen zu sehen. Das Allerschlimmste ist passiert: Ihr Sohn wird in aller Öffentlichkeit abgeführt und eingesperrt. Sie sieht nicht gut aus. Ich seh's ihr an, sie stirbt gerade tausend Tode. Und ich zweitausend.

»Keine Ahnung, wie das hier ausgeht«, höre ich Frau Fink, meine Verteidigerin, neben mir sagen. »Der Richter ist für seine eigenwilligen Urteile bekannt.«

Ich muss aufpassen, dass ich nicht stolpere. Meine Beine sind weich wie Butter, als mich der Uniformierte in die Arrestzelle des Amtsgerichts schiebt. »Handschellen bleiben dran, bis ich dich zur Urteilsverkündung wieder abhole«, sagt er noch. Das metallische *Ratsch* der zugestoßenen Zellentür lässt mich zusammenzucken.

Die Achterbahn nimmt wieder Fahrt auf. Ich halte mich an den Gitterstäben fest und sehe mich um: eine versiffte Pritsche in der Ecke und viele Schmierereien an der Wand. Es stinkt nach Pisse und in meinem Magen rumort es. In meinem Kopf auch. *Eigenwillige Urteile ...!?*, kommt gerade hoch.

Ich wünschte, Mam wäre nicht mehr da, wenn der Richter das Urteil spricht, vor dem ich eine Scheißangst habe.

Drei Monate zuvor

1.

Die Frontlinie in unserem Klassenzimmer verlief in der Mitte. Vorne saßen die Mädchen mit den Schwächlingen, ganz hinten Kämpfer wie Hakim, Yassir oder Kemal und eine Reihe davor Kerle wie Mirko, Goran oder Vlado.

Die einzige Ausnahme im hinteren Bereich war Sven. Und das, obwohl er erst vor drei Monaten in die Klasse gekommen ist. Das muss man sich mal vorstellen, der Typ kommt am ersten Tag rein und setzt sich einfach auf Erkans Platz. Gut, Erkan braucht den Stuhl nicht mehr, er ist von der Schule geflogen. Aber das kann Sven nicht wissen. Das ist ungefähr so, als käme einer in die Wildnis und hätte die Wahl, zwischen hungrigen Löwen oder ängstlichen Antilopen Platz zu nehmen. Und Sven hat nicht einmal laut brüllen müssen, die Löwen haben offenbar auch so erkannt, dass er einer von ihnen ist.

Ich würde auch gerne im hinteren Bereich sitzen, hocke aber vorne in der zweiten Reihe bei den Antilopen. Von denen keiner einen Furz lassen kann, ohne dass es hinten bemerkt und kommentiert wird.

Caro sitzt drei Plätze neben mir. Leider. Ich hätte sie gerne vor mir im Blickfeld gehabt. So aber muss ich mir den Hals nach ihr verdrehen und anschließend noch die blöden Bemerkungen von hinten anhören. Nuri hockt auch noch dazwischen. Ich kann zwar einigermaßen über ihn hinwegsehen, weil er einen halben Kopf kleiner ist als ich, aber am liebsten hätte ich mit ihm getauscht. Da würde er vielleicht sogar mitmachen.

Doch zum einen wäre so eine Aktion viel zu auffällig und zum anderen schielt er auch ganz gerne zu Caro rüber … wie fast jeder in der Klasse.

Ansonsten gibt es kaum jemand, zu dem man schielen könnte. Zu Lisa vielleicht noch, Caros Freundin, die neben ihr sitzt. Aber die war bis vor Kurzem noch vermint, weil sie einen festen Freund aus der Parallelklasse hatte. Was auch für jeden sichtbar auf ihrem Unterarm tätowiert war. *Finn* ist da vor zwei Wochen noch zu lesen gewesen, garniert mit einem roten Herz. Ist aber upgedatet worden. Jetzt steht *Finnland* an der Stelle und Lisa behauptet, dass sie dafür ihr Herz entdeckt hat, obwohl sie noch nie dort war. Wenn sie ehrlich wäre, hätte sie den *Finn* mit *ist ein Arsch* ergänzen müssen. Zumindest redet sie so in der Zwischenzeit über ihn.

Heute ist der einzige Tag in der Woche, an dem wir für zwei Schulstunden eine andere Sitzordnung haben. Der Fitzke lässt uns für den Geschichtsunterricht fast immer einen Stuhlkreis bauen, in dem er, wie ein Zirkusdirektor in der Manege, seine Reden schwingen kann. Da interessiert ihn auch das Gemaule nicht, weil wir vor und nach dem Unterricht Stühle und Bänke hin- und herschleppen müssen. »Etwas Bewegung schadet euch nicht«, meint er jedes Mal. Würde ihm bei seiner dicken Wampe zwar auch nicht schaden, aber ich habe kein Problem damit. Ganz im Gegenteil, ich versuche mich so zu platzieren, dass ich Caro gut sehen kann.

»Na, Manu, Caro wieder auf die Titten geglotzt«, tönt Kemal nach dem Fitzke-Unterricht plötzlich und grinst, während er mit mir einen Tisch in die hintere Ecke des Klassenzimmers trägt.

Spinnt der!? Was soll der Scheiß?

»Quatsch!« Ich sehe mich um und hoffe, dass Caro nicht in der Nähe ist.

Ist sie aber, verdammt. Sie steht keine zwei Meter neben mir, mit einem Stuhl in der Hand. Hat natürlich alles gehört und schaut ziemlich angepisst her. Hätte ich mich bloß gleich verdrückt!

»Gib's doch zu!« Kemal schiebt mich mit dem Tisch an die Wand, dass ich mich nicht mehr regen kann.

»Spinnst du!? Und lass Caro aus dem Spiel!«

Ist aber klar, dass das nichts bringt. Und ich kann mir auch denken, warum. Gestern haben wir im Sportunterricht seit Langem wieder Fußball gespielt. Wird eigentlich kaum noch erlaubt, weil gefoult wird ohne Ende und es immer heiß hergeht. Da wird gekämpft wie im Krieg, keiner will verlieren. Jedenfalls ist Kemal, der's nicht so hat mit dem Fußballspielen, von der gegnerischen Mannschaft ins Tor gestellt worden. Ich bin jetzt auch nicht gerade der Oberspitzenkicker, aber kurz vor Schluss, als es unentschieden stand, ist der Ball unverhofft zu mir gekommen und ich schaffte es irgendwie, die Kugel Richtung Tor abzufälschen. Nuri hatte den Fuß auch noch dran … und schon zischte der Ball durch Kemals Beine und landete hinter ihm in den Maschen. »Toll, durch die Hosenträger«, war noch der netteste Kommentar von seinen Mitspielern. Ich wollte anschließend sogar noch zu Kemal hin und ihm sagen, dass es einfach Glück oder vielmehr Pech gewesen war. Kam aber nicht mehr dazu, es ist unser Siegtreffer gewesen. Nuri und ich wurden gefeiert wie die Weltmeister, während Kemal von seinen Mitspielern nicht gerade gelobt wurde.

»Los, gib's zu!« Kemal verstärkt den Druck, dass es wehtut.

Hat er einen an der Waffel, ich kann doch direkt neben Caro nicht zugeben, dass ich ihr auf die Titten geglotzt habe. Versuche, mich zu befreien, schaffe es aber nicht.

»Los, gib's endlich zu!«

Verdammt, der lässt nicht locker und drückt mir die Tischplatte jetzt so fest gegen meine Oberschenkel, dass mir fast die Tränen kommen.

Der Fitzke ist schon weg und alle glotzen her. Keiner hilft mir, die meisten grinsen.

Aber wer soll mir hier schon helfen? Mein Freund Nuri, ein schmächtiger Libanese? Der gehört nicht unbedingt zum Superhelden-Kader. Er könnte höchstens meine Verletzungen versorgen. Nuri hat letzte Woche sein Schulpraktikum im Krankenhaus gemacht, weil er vielleicht Krankenpfleger werden will. Hätte er aber nicht erzählen sollen. Seitdem kommt jeder, der einen Kratzer hat, zu ihm angelatscht und verarscht ihn. Er würde mich aber heute ohnehin verbluten lassen oder sonst was – Nuri hat sich nämlich verpisst.

In dieser Klasse ist es wie im Dschungel, da gibt es keine Hilfe. Die Raubtiere, die hinten sitzen, brauchen keine, die helfen sich selber. Und die Vorderen sind halt die Opfer.

»Meinetwegen«, sage ich schließlich kleinlaut. Was soll ich machen? »Ich geb's zu.«

»Geht doch!«, antwortet Kemal wie ein Polizeikommissar, der gerade das Geständnis eines Sexualverbrechers erzwungen hat. Dann lässt er los und ich kann endlich den Tisch von mir wegschieben.

Während ich mir die Oberschenkel reibe, sehe ich aus den Augenwinkeln, dass Caro immer noch ziemlich stinkig zu Kemal und mir herschaut. Ist ja auch kein Wunder, jetzt hat sich auch der Letzte aus der Klasse mit ihren Brüsten beschäftigt. Keine Ahnung, ob sie mehr wegen Kemal oder mehr wegen mir sauer ist.

Ja gut, ich habe ihr vorhin beim Fitzke schon mal auf den Pullover geschaut und mir auch ausgemalt, wie's drunter aussieht. Bin aber garantiert nicht der Einzige gewesen. Wir haben zwar außer Caro und Lisa noch zwei weitere Mädchen in der Klasse, aber da gibt's nicht viel zu sehen.

Doch da ist noch etwas anderes. Ich kann mir gut vorstellen, was Caro denkt. Das hat sie vor ein paar Tagen schon einmal angedeutet, als ich bei ihr abgeblitzt bin, nachdem ich sie gefragt habe, ob sie Lust hätte, mit mir ins Kino zu gehen. In den neusten *Bad Boys*. Ich weiß, dass sie auf Will Smith steht. Ich wäre ihr nicht *bad* genug, habe ich als Antwort bekommen. Caro hat dabei zwar gegrinst, war aber schon klar, was sie gemeint hat. Dass ich in der Klasse entweder hinten bei den Löwen sitzen muss oder mich zumindest nicht an die Wand drücken lassen darf.

Mir tun immer noch die Oberschenkel weh, und ich warte, bis endlich Lochi, unser Mathelehrer, der eigentlich Lochner heißt, zur letzten Unterrichtsstunde eintrifft.

Aber anstelle von Lochi kommt erst noch Nuri angelatscht, der von der ganzen Tischaktion nichts mitbekommen hat.

Löwe Kemal wird gleich unruhig, nimmt Witterung auf und hat ihn bereits im Visier.

»Da hat sich einer auf die Toilette abgeseilt«, blökt er in Richtung Nuri, als hätte er auf ihn gewartet. Sein Hunger auf Rache ist noch nicht gestillt. »Geh ich auch gleich hin. Willst du schon mal üben und mir den Arsch sauber machen?«

Es dauert etwas, bis alle kapiert haben, aber dann wird es

still im Klassenzimmer. Ein paar grinsen. Nuri hätte Blödmännern wie Kemal nichts von seinem Praktikum erzählen sollen. *Unsere Krankenschwester*, heißt es seither.

Nuri zögert und weiß nicht, was er tun oder sagen soll. Er wird rot im Gesicht, die Augen schimmern bereits feucht und seine Lippen zittern. Kemal grinst … so wie schon vor ein paar Minuten bei mir.

Ich schaue noch einmal kurz zu Nuri und dann platzt es aus mir heraus: »Das übernehme ich«, höre ich mich zu Kemal sagen, »aber mit der Klobürste!«

Während die halbe Klasse lacht, wird mir heiß und kalt. Zwei, drei Löwen starren mich total erstaunt an. Hätten sie mir wahrscheinlich nicht zugetraut. Ich mir bis vor ein paar Minuten auch nicht. Weiß allerdings noch nicht, ob ich mich freuen soll, weil es mir vorkommt, als wäre gerade irgendetwas von mir abgefallen. Oder ob ich Schiss haben muss, dass mir Kemal nach der Stunde mit der Klobürste eins überzieht.

Zum Glück taucht Lochi in der Tür auf und macht sofort sein strenges Gesicht, damit wir schleunigst unsere Plätze einnehmen.

Während der Stunde geht mir alles noch hundertmal durch den Kopf, und ich versuche immer wieder, nach hinten zu schielen. Irgendwie habe ich das Gefühl, als hätte sich Kemals Blick wie ein Laserstrahl in meinen Rücken gebrannt. Nuri macht die ganze Zeit kaum eine Regung und schaut nur nach vorn.

Direkt nach dem Unterricht hängen ein paar Löwen noch grinsend bei Kemal rum. Kann mir schon denken, was da los ist. Da geht's bestimmt um Caros Brüste oder um die Klobürste.

Gute Gelegenheit, sich sofort vom Acker zu machen. Nuri hat die gleiche Idee gehabt. Allerdings früher und schneller als ich, er ist schon weg.

In der Straßenbahn hole ich das Handy raus und schreibe: *Kemal ist so ein Arschloch!*

Aber Nuri antwortet nicht.

Als ich nach Hause komme, tut mir Nuri leid. Vielleicht meldet er sich noch. Denke aber eher nicht. Ich kenne ihn. Es gibt Dinge, über die er nicht gerne redet. Und was heute passiert ist, gehört definitiv dazu.

Und irgendwie fühle ich mich immer noch an die Wand gedrückt. Eigentlich habe ich mir bei Caro bis jetzt Chancen ausgerechnet. Wir wollen beide nach diesem neunten Schuljahr noch eins dranhängen, um die Mittlere Reife zu kriegen. Die meisten in der Klasse sind froh, wenn sie die Schule endlich hinter sich haben. Ich habe mich in der Zehnten schon neben Caro in der letzten Reihe sitzen sehen. Aber nach dem Desaster heute habe ich es bestimmt endgültig bei ihr verkackt.

Mam ist beim Arbeiten. Gute Gelegenheit, mal wieder eine Runde *Doom* zu spielen. Das muss jetzt sein.

Was war das? Die Wohnungstür? Mam!? Wie lange spiele ich schon?

»MANUEL!«

Verdammt, sie steht bereits in der Zimmertür. Schnell den Ton aus.

»Du kannst froh sein, dass sich oben die Schneiders noch nicht beschwert haben«, sagt sie jetzt zwar wieder in normaler Lautstärke, aber ziemlich gereizt. »Sonst hätten wir schon wieder Ärger an der Backe.«

Nein, nicht schon wieder. Ich weiß, was jetzt kommt.

»Da ist niemand da. Kein Stress«, sage ich und muss erst einmal durchschnaufen. Ist ein harter Fight gewesen.

»Die haben schon einmal die Polizei gerufen.«

»Weiß ich!« Wie oft reibt sie mir das noch unter die Nase?

»Dann weißt du auch, dass ich keine Lust habe, wegen diesem doofen Geballer ...«

»War doch nicht meine Schuld«, falle ich ihr ins Wort. Ich kann's echt nicht mehr hören. »Wenn die Schneiders so blöd sind und das nicht von echten Schüssen unterscheiden können.«

»Seither denkt das halbe Haus, du hättest Ärger mit der Polizei.«

»Denken sie nicht. Weil du das jedem schon hundert Mal erklärt hast.«

Für Mam gibt es nichts Schlimmeres als Probleme mit der Polizei. Sie würde einen Blutsturz kriegen, wenn die Bullen noch einmal hier auftauchten. Und wenn's nur wegen eines kaputten Rücklichts an meinem Fahrrad oder so was wäre.

Da ist Paps total anders. Leider ist er kurz vor der Polizei-Aktion ausgezogen. Der hätte keine Angst vor den Schneiders gehabt. Paps hat vor niemand Angst. Er wäre anstelle von Mam hochgegangen, hätte sich aber nicht ewig entschuldigt, sondern erst einmal die Schneiders zurechtgestutzt.

Ich nehme mir vor, ihn bald wieder zu besuchen, und ärgere mich, dass ich sein Angebot, jederzeit zu kommen, erst zwei Mal angenommen habe. »Werde bloß nicht so wie deine Mutter«, hat er gemeint, als ich ihm erzählt habe, wie Mam vor den Schneiders kuscht.

Seither sind einige Wochen vergangen und ich merke, wie

Paps fehlt. Weil ich langsam wirklich wie meine Mutter werde. Nein, weil ich immer schon wie Mam bin und jetzt gar keine Chance mehr habe, wie Paps zu werden. Er ist ja nicht mehr da.

Dabei weiß ich nicht mal richtig, warum sich die beiden getrennt haben. Klar haben sie immer wieder mal Streit gehabt. Manchmal frage ich mich, wieso die zwei überhaupt zusammengekommen sind, so unterschiedlich, wie die sind. Mam ist der totale Schisser und Paps genau das Gegenteil. Hat ihm allerdings auch schon das eine oder andere Mal ziemlichen Ärger eingebracht.

Vielleicht haben sie anfangs gedacht, das wäre eine gute Kombination. Ist es ja eigentlich auch.

Einmal habe ich gehört, wie Mam zu Paps gesagt hat: »Manu wird noch wie du!«

Da hätte ich mich am liebsten eingemischt und geantwortet: *Hoffentlich!*

2.

Ich bin schon wach, als Mam zum Wecken kommt. Die halbe Nacht habe ich mich hin und her gewälzt und ich überlege gerade, ob ich heute in die Schule gehen oder krank zu Hause bleiben soll.

Ja okay … so richtig krank bin ich nicht. Aber gut geht's mir auch nicht wirklich. So ein öffentliches *Auf-die-Titten-geglotzt*-Geständnis vor der ganzen Klasse kann einen Tag später schon noch einmal aufgewärmt und zum Thema werden. Wäre extrem peinlich, und das will ich mir und vor allem Caro ersparen, der ich heute nicht unbedingt begegnen muss. Und Nuri ist es bestimmt auch lieber, wenn die Klobürsten-Aktion nicht noch einmal ausgegraben wird.

Ich werde heute nicht in die Schule gehen, beschließe ich, als ich in die Küche latsche.

Mam sitzt an unserem alten Holztisch, trinkt ihren Kaffee und blättert in einer Zeitschrift. Sieht ziemlich entspannt aus. Da ist es kein Problem, eine Entschuldigung zu bekommen. Ich werde erst einmal nichts frühstücken, das ist schon mal eine gute Basis. Magen/Darm funktioniert immer. Ich muss nur innerhalb kurzer Zeit zwei, drei Mal auf dem Klo hocken und etwas rumstöhnen. Am Schluss gibt's noch die übliche Belehrung, nicht so viel Döner oder Ähnliches zu futtern, aber dann ist die Sache mit dem Daheimbleiben geritzt.

Und anschließend ist Wochenende und hoffentlich Gras über die Sache gewachsen.

Und so ist es dann auch. Ich weiß zwar noch nicht, wie hoch und wie dicht das Gras ist, aber heute gibt es wie jeden Montag erst einmal nur ein Gesprächsthema in der Klasse: der FC! Die Löwen hängen in einer Ecke und reden lautstark über den FC, der am Samstag haushoch verloren hat. Und diese Niederlage ist tausendmal wichtiger als meine. Zumindest wenn bei mir keine weitere dazukommt. Und für Nuri gilt im Prinzip das Gleiche. Doch wir müssen wachsam sein. Kemal steht zwar auch dabei, aber dem geht Fußball am Arsch vorbei. Und das macht ihn gefährlich.

»Alles klar?«, frage ich, als Nuri angeschlurft kommt. Scheint aber noch nicht ganz wach zu sein. Er hat sich die ganzen Tage nicht gemeldet. »Warst du am Wochenende bei deiner Verwandtschaft?«

Nuri hat mir mal von einem Cousin seiner Mutter erzählt, den sie hin und wieder besuchen und der irgendeinen Laden betreibt.

»Ich glaube, ich lass es«, antwortet Nuri nach einer gefühlten Ewigkeit.

»Was? Den Cousin deiner Mutter zu besuchen?«

»Nein, den Krankenpfleger.«

»Echt jetzt!?« Ich bin total überrascht … und finde es total scheiße, wenn er das wegen Kemal hinschmeißen würde. Allerdings habe ich mich auch schon gefragt, ob so eine Krankenpfleger-Ausbildung eine besonders gute Idee ist. Für mich wär's nichts.

»Wegen Kemal?«

»Keine Ahnung …«

»Was machst du stattdessen?«

»Ich könnte beim Cousin meiner Mutter arbeiten.«
»Und was?«
»Irgendwas mit Import/Export.«
Import/Export, ist das ein richtiger Beruf, frage ich mich zwar, lasse es dann aber gut sein, ich kenne den Laden ja nicht. »Das kannst du dir ja noch überlegen.«
In den nächsten Tagen ist die Sache auch kein großes Thema mehr. Zumal Kemal und die anderen Löwen Nuri in Ruhe lassen.
Auch beim Auflösen von Fitzkes Stuhlkreis, bei dem ich mich dieses Mal zurückhalten will, sieht es ziemlich entspannt aus. Kemal schleicht zwar um einen Tisch herum, er scheint aber keine Lust auf irgendwelche blöden Spielchen zu haben. Ich bin fast schon dabei, mich in die Pause zu verdrücken, als ich hinter mir »Los, fass an!« höre.
Die Stimme kenne ich doch. Und weil sich das gar nicht so schlecht anhört, drehe ich mich um.
Hat sie mich gemeint?
Hat sie! Caro schaut tatsächlich zu mir. Ihre linke Hand ist bereits an der Tischkante und mit der rechten deutet sie aufs andere Ende. Gilt eindeutig mir. Ich sehe mich schnell um. Alle sind irgendwie beschäftigt, keine Gefahr also, sich wieder einen blöden Kommentar einzuhandeln.
»Jetzt mach schon! Und keine Angst, ich drücke dich nicht gegen die Wand«, setzt Caro nach und grinst.
»Warum hast du dich nicht gewehrt?«, fragt sie, während wir den Tisch an seinen alten Platz tragen. Mist, ich habe gedacht, die Sache wäre längst vergessen. Was hätte ich denn tun sollen? »Du hättest es wenigstens versuchen können«, kommt dann gleich hinterher, als könnte sie Gedanken lesen.

»Es ging zu schnell«, versuche ich, mich zu verteidigen. »Als Kemal mich an der Wand hatte, war's zu spät.«

Ist ja auch so gewesen. Zumindest fast. Dass ich tatsächlich noch etwas anderes im Kopf hatte, nämlich Caro, und deshalb vielleicht zu spät reagiert habe, erzähle ich lieber nicht.

»Kemal ist so ein Blödmann!«, sagt Caro jetzt.

Da hat sie recht, dem fallen nur solche bekackten Aktionen ein.

»Ich fand's aber toll, dass du gesagt hast, er solle mich aus dem Spiel lassen.«

Und ich find's toll, dass sie das jetzt erwähnt. Und weil das gerade alles so toll ist, werde ich gleich todesmutig: »Ich geh heute noch ins Kino«, sage ich. *Bad Boys* läuft den letzten Tag.« Stimmt tatsächlich, und ich hätte es nie im Leben erwähnt, wenn das gerade nicht so gut laufen würde.

»Ich weiß«, antwortet Caro. Und es sieht aus, als würde sie gerade darüber nachdenken. Mir wird gleich ganz warm. »Sollte ich mir eigentlich nicht entgehen lassen«, sagt sie dann. »Vielleicht können wir uns ja etwas abschauen.«

Ist klar, was sie meint, auch wenn das *wir* eher an mich geht. Ist mir aber egal.

Sollte? Was heißt sollte? Egal, jetzt oder nie! »Halb acht am Roxy?« Mehr als ein zweites Mal Nein sagen kann sie nicht.

»Gut, halb acht am Roxy. Will Smith geht immer«, sagt Caro und läuft Lisa hinterher in die Pause.

Habe ich richtig gehört? *Halb acht am Roxy!* Dreihundert Puls. Nein, dreitausend.

Ich kann es nicht fassen. Dann sehe ich mich um, ob uns jemand gehört hat. Wäre mir aber egal gewesen. Ich habe ein Kino-Date mit Caro! Genial.

Und tausendmal besser als das letzte, das eigentlich gar kein richtiges Date war. Vor ein paar Wochen haben wir zusammen Englisch gelernt. Aber nicht, weil sie unbedingt mit *mir* Englisch lernen wollte, sondern weil Caro mit Englisch Stress hat. Oder vielmehr, weil ihre Mutter Stress macht, wenn Caro es nicht in die zehnte Klasse schafft.

Von Paps steht noch angebrochenes Rasierwasser im Badezimmerschrank. *Cool Water* heißt es. Thront einsam auf der Ablage überm Waschbecken. Keine Ahnung, warum Mam das noch nicht entsorgt hat. Kann nicht schaden, denke ich jedenfalls und nehme eine ordentliche Handvoll.

Puh, könnten ein paar Tropfen zu viel gewesen sein. Riecht ziemlich stark, das Zeugs. Aber gut, wenn's cool macht.

Mam sieht mich an, als würde sie ahnen, dass etwas Besonderes ansteht. »Du riechst wie dein Vater!«, sagt sie.

Klar rieche ich wie mein Vater. Gehört ihm ja. Jetzt kommt bestimmt gleich wieder die Werd-bloß-nicht-wie-Paps-Leier. Aber Mam beruhigt sich und fragt: »Wo geht's denn hin?«

»Ins Kino«, antworte ich wahrheitsgemäß, schaffe es aber trotz des halben Liters *Cool Water* doch nicht, cool zu bleiben. Ich muss grinsen. Weil ich es immer noch nicht glauben kann, dass ich ein Date mit Caro habe. Und weil ich weiß, wie schwer es ist, eins zu bekommen. Da gäbe es einige in der Klasse, die gerne mit mir tauschen würden.

»Okay, okay … verstehe«, sagt Mam und grinst ebenfalls. »Viel Spaß … aber denk dran, morgen ist Schule. Halb elf!«

»Geht klar!« Halb elf ist unter der Woche das Maximum. Elf die rote Linie.

Dann fische ich mir zwanzig Euro aus meinem Sparschwein, das in Wirklichkeit eine Sparkuh ist. Drehe mich aber gleich noch einmal um und angle den letzten Zehner auch noch heraus. Wer weiß, was da noch geht heute Abend? Vielleicht kann ich Caro noch zu irgendetwas einladen. Dafür würde ich sogar die rote Elf-Uhr-Linie reißen. Puh, mir wird ganz heiß …

Jetzt aber nichts wie weg, bevor Mam doch noch genauer nachfragt.

Zehn vor halb acht stehe ich am Roxy und warte auf Caro. *Top Gun: Maverick* wird mit einem Riesenplakat als nächster Film angekündigt. Es duftet nach Popcorn und die Leute strömen rein ohne Ende. Ich überlege, ob ich schon mal die Kinokarten holen soll.

Gute Idee, denke ich und stiefle zur Kasse, an der bereits einige anstehen. Vielleicht kann ich einen von den wenigen *Love Seats* ergattern. Doppelsitze ohne Armlehne, die es nur vereinzelt in den hinteren Reihen gibt. Mein Puls beschleunigt wieder, ich darf gar nicht daran denken. Caro würde ich natürlich erzählen, dass sich das zufällig ergeben hat. Hoffentlich muss ich nicht grinsen, wenn ich sie gleich sehe.

Ich stehe noch keine Minute in der Schlange und überlege gerade, wie man sich auf so einem Doppelsitz unauffällig näherkommen könnte. Vielleicht gleich mal den Arm auf Caros Rückenlehne legen oder so was … Doch direkt hinter mir höre ich: »Was stinkt hier?«, und werde aus meinen Love-Seat-Träumen gerissen.

»Bist du das, Hassan?«, kommt gleich von einer anderen Stimme hinterher. »Riecht wie Parfüm von Opa.«

Meinen die mich? Ich drehe mich nicht um. Klar meinen

die mich. Und ich weiß auch warum. Die haben mir gerade noch gefehlt. Dann sehe ich Caro am Eingang auftauchen. Sie schaut sich um, hat mich noch nicht entdeckt.

Und weil ich mich bei den Parfüm-Experten sowieso nicht mehr wohlfühle, verschwinde ich aus der Schlange, renne schnell zur Toilette, versuche mir rasch das Rasierwasser aus dem Gesicht zu waschen und laufe zu Caro. Die steht suchend im Eingangsbereich, der sich immer mehr füllt.

»Hi, Manu, alles okay? Du bist nass im Gesicht«, sagt Caro zur Begrüßung. »Was riecht hier so?«

»Äh …« Verdammt, sie riecht es auch. Immer noch. Hätte ich bloß die Finger davon gelassen.

»Komm, lass uns gleich Karten holen, dass wir gute Plätze kriegen«, sagt sie dann aber, nachdem sie sich umgesehen hat, und steuert auf die Kasse zu.

»Äh … ja klar«, eiere ich herum und zögere, weil ich sehe, dass die vier Blödmänner, inklusive Hassan, genau dort rumhängen. Wenn die mich noch einmal riechen, fangen die garantiert wieder mit ihrem Riecht-nach-Opa-Scheiß an.

»Hier, nimm!«, sage ich schnell und drücke Caro einen Zehner für meine Kinokarte in die Hand, den ich aus der Hosentasche gefummelt habe. »Ich besorge uns noch Popcorn.« Dann mache ich kehrt und verschwinde in Richtung Popcorn-Maschine, bevor Caro irgendetwas sagen kann.

Caro mit unseren Karten in der Hand, von denen sie behauptet hat, dass es gute Plätze wären, und ich mit einer Tüte Popcorn: Wir gehen in den Kinosaal, und ich bin froh, dass ich mich an irgendetwas festhalten kann.

Auch wenn ich mich lieber an etwas anderem festgehalten hätte. Verdammt toll sieht sie nämlich aus, wie sie so vor mir hergeht. Enge Jeans, enges Oberteil und ein blonder Pferdeschwanz, der hin und her schwingt, als wolle er mir zuwinken. Mein Puls rast schneller von null auf hundert als Lewis Hamilton mit seinem Mercedes-McLaren.

Als wir unsere Plätze einnehmen, schaue ich mich noch einmal um, aber die Luft ist rein. Reihe zehn, mittig. Direkt hinter uns ist leer.

Gar nicht so schlecht, denke ich, als das Licht ausgeht. Auch wenn's kein Love Seat ist. Aber vielleicht wird's ja bald einer.

Von der Werbung, die jetzt läuft, kriege ich nicht viel mit. Ich spüre immer noch das Kribbeln im Bauch, weil ich Caros Knie kurz berührt habe.

Soll ich es noch einmal wagen?

Ich traue mich kaum noch zu atmen, als sich mein Bein ein, zwei Zentimeter nach rechts schiebt und neuen Kontakt sucht.

Ich stoppe. Was, wenn sie das nicht mag? Dann riskiere ich aber doch noch einen Zentimeter. Ich spüre schon den Hauch ihrer Jeans. Halte die Luft an. Bewege mich keinen Millimeter mehr. Wenn sich ihr Bein jetzt wegbewegt, kann ich noch so tun, als wär's zufällig passiert. Es bleibt. Mir wird warm. Ich spüre ihren sensationellen Oberschenkel, der nicht nachgibt.

Jetzt heiß.

Fühlt sich himmlisch an.

Warm, weich, fest …

Sie muss mich auch spüren. Und lässt es zu.

Herzstillstand. Herzrasen. Nein, rasender Herzstillstand.

Ich bin gerade dabei, todesmutig meine Hand zur Verstärkung hinterherzuschicken, mich vorzutasten, als ich hinter uns etwas höre.

Es wird immer unruhiger.

Caro dreht sich um, und ihr Bein bewegt sich dabei von meinem weg. Und bleibt dort. Unerreichbar. Verdammter Fuck.

Dann wird es wieder ruhig.

Aber nicht lange. »Ich rieche Opa«, höre ich plötzlich hinter mir.

Ich zucke zusammen. Die Stimme kenne ich. Hassan. Scheiße, das gibt's doch nicht! Wo kommen die auf einmal her? Ausgerechnet hinter uns? Wär ja auch zu schön gewesen.

»Alter, stinkt mega!«

Kaum habe ich auch diese Stimme erkannt, schlägt mir einer auf die Schulter, dass mir fast die Popcorn-Tüte aus der Hand fliegt. Ich drehe mich um und will gerade sagen, dass er den Scheiß lassen soll, als er »Hey, Opa, hast du Oma dabei?« fragt und die ganze Hassan-Truppe vor Lachen brüllt.

»Meint der mich? Hat der gerade Oma zu mir gesagt?«, schnauzt Caro, während sie zuerst mich und dann die Blödmänner hinter uns anfunkelt. Sie ist stinksauer.

Warum muss so ein Mist immer mir passieren? Diese Arschlöcher. Wäre mir ja vollkommen wurscht, wenn ich mit Nuri hier wäre. Aber nicht heute, mit Caro!

»Geile Oma«, höre ich jetzt, gefolgt von blödem Gelächter.

Ich kann nur auf die Kinoleinwand schauen, hoffen, dass der Film gleich anfängt und der Scheiß hier einfach aufhört.

Nein, kann ich nicht, ich muss was tun … auch wenn ich am liebsten aufgestanden und gegangen wäre. Mit Caro. Hand in Hand. Egal wohin, Hauptsache, weg von hier. Weiß aber genau, dass das keine Lösung ist.

»Ruhe!«, zischt es jetzt von noch weiter weg.

»Schnauze!«, kommt als Antwort hinter uns.

Caro schaut mich fragend an. *Mach schon! Sag doch irgendwas! Lass dir nicht alles gefallen,* steckt in ihrem Blick. Ich weiß genau, was sie denkt.

Mein Puls beschleunigt auf Höchsttempo. Ich drehe mich um und sehe im Schein der reflektierenden Kinoleinwand nur Grinsen. »Was guckst du so blöd, Opa?«, schallt mir entgegen. »Vorne spielt Film!«

Ich will gerade sagen, dass sie endlich ruhig sein sollen, aber Caro kommt mir schon wieder zuvor: »Der Film fängt gleich an, haltet endlich den Mund!«, schimpft sie.

Hat aber nichts genützt. »Oma will Film sehen«, äfft sie einer mit hoher Stimme nach.

»Könnt ihr nicht die Klappe halten«, sage ich jetzt, aber Caro ist bereits aufgestanden. Sie kocht vor Wut, dreht sich nach hinten, schaut auf die Blödmänner hinab, holt Luft … als es plötzlich aus allen Richtungen laut wird. Wir bekommen Unterstützung aus dem halben Kino. Die Leute beschweren sich und fluchen, dass jetzt gefälligst Ruhe sein soll. »Schmeißt sie raus!«, höre ich entfernt aus einer Ecke.

Sekunden später läuft der Film an.

Aber dann geht das Licht wieder an. Ein Security-Typ kommt rein und schaut sich suchend um.

»Da vorne!«, sagt einer aus den hinteren Reihen. Ich zeige mit dem Daumen über meine Schulter nach hinten, als er bei uns ankommt.

»Noch einen Ton und ihr fliegt raus!«, schnauzt der Security-Mann die Hassan-Truppe an und lässt keinen Zweifel daran, dass er das wahr werden lassen würde.

Anschließend ist es ruhig. Aber nur um mich herum. In mir drin ist es alles andere als ruhig. Zum Glück ist es dunkel. Und zum Glück herrscht jetzt Abstand zwischen unseren Knien. Meins zittert nämlich und außerdem bin ich total nass geschwitzt. Wenn sie das mitbekäme, wäre ich endgültig am Sack.

Und dann wird alles noch schlimmer. Auf der Leinwand agieren die Bad Boys, als hätten sie uns beobachtet und kurzerhand das Drehbuch umgeschrieben:

Der Partner von Detective Mike ist Opa geworden, er will aus dem aktuellen Fall aussteigen und wird Drückeberger genannt.

Toll! Ich bin ja hier auch der Opa. Caro hat mich zwar nicht Drückeberger genannt, aber wahrscheinlich so etwas Ähnliches gedacht.

Polizistin Rita, coole und sexy Leiterin einer Spezialeinheit, übernimmt den Fall kurzerhand.

Hat Caro nicht auch übernommen? Ist sie nicht aufgestanden und hat losgeschnauzt, während ich keinen Ton rausgebracht habe?

Und als könnte sie Gedanken lesen, dreht Caro genau bei der Szene den Kopf, sieht mich mit großen Augen kurz an, schaut wieder zur Leinwand … und kommt sich bestimmt wie Rita vor.

Detective Mike, der angeschossen wurde, kommt dann aus dem Krankenhaus und ist selbst im Rollstuhl hundertmal gefährlicher … als ich im Kinosessel.

Und so geht's gerade weiter … Dass ich immer kleiner werde und immer tiefer im Sitz versinke.

Am Schluss ist natürlich auch der Film-Opa wieder in den

Fall eingestiegen und hat die halbe Unterwelt Mexikos aus dem Weg geräumt. Toll.

Als der Film vorbei ist und es wieder hell wird, bin ich nicht nur noch verschwitzter als vorher, sondern der allergrößte Loser in diesem Universum. Fehlt nur noch, dass es hinter mir wieder losgeht. Ich höre auch schon etwas und bin kurz davor, einen Blutsturz zu bekommen.

Es bleibt dann aber zum Glück ruhig. Die scheinen tatsächlich aufzubrechen.

Ich entscheide mich trotzdem, sitzen zu bleiben, starre auf den Abspann und tue so, als würde ich mich für die vielen kleinen Nebenrollen interessieren, die da runterflimmern. Dabei ist mir längst klar, wer hier die kleinste Nebenrolle spielt.

Schon vor dem Film bin ich ja nicht gerade durch meine Furchtlosigkeit aufgefallen. Wenn man aber dann gesehen hat, was die Bad Boys auf der Leinwand abgeliefert haben, muss jemand wie Caro denken, dass sie den waschlappigsten Nasenbären aller Zeiten neben sich sitzen hat.

Sie sagt kein Wort. Braucht sie auch nicht. Ist klar, was sie denkt. Das wabert buchstäblich zu mir rüber.

Als sich dann Caro neben mir rührt, stehe ich auf und schiele nach hinten. Sie sind weg! Ich schnaufe tief durch, gehe langsam zum Ende unserer Sitzreihe und lasse erst einmal allen den Vortritt, die von rechts kommen. Noch etwas Zeit gewinnen kann nicht schaden. Wer weiß ...?

Caro durchschaut mein Verzögerungsmanöver. Ist mir aber egal, ich habe eh schon alles verkackt. Ich will einfach keinen weiteren Stress, und vor allem der Hassan-Gang nicht noch einmal begegnen.

Bis Caro »Los jetzt!« sagt und mich vor sich herschiebt.

Mehr wird nicht geredet, bis wir vor dem Kino stehen.

Es wird schon dunkel und hat zu regnen begonnen. Und so wie das Wetter ist, fühle ich mich auch – beschissen!

Links und rechts von uns strömen die Leute aus dem Kino, lachen, unterhalten sich und plappern ohne Ende. So habe ich mir das eigentlich auch gedacht. Am Schluss kommen sogar noch zwei aus der Parallelklasse angestiefelt, entdecken mich mit Caro und grinsen. Die haben mir gerade noch gefehlt. Mir ist nicht zum Lachen. Wer weiß, wo die gesessen und alles mitbekommen haben?

Caros Laune ist auch nicht viel besser. Als ich sie frage, wie sie den Film fand, antwortet sie nur: »Geht so«, schaut auf die Uhr und sagt dann: »Mein Bus fährt gleich.«

Auf dem Weg zu Caros Bushaltestelle, zu der ich sie noch begleite, versuche ich zweimal zu sagen, dass ich mir den Abend anders vorgestellt hatte, ungestörter vor allem, werde aber jedes Mal von irgendwelchen johlenden FC-Fans unterbrochen, die uns offenbar nach einem Heimspiel entgegenkommen. Am Schluss ist mir dann alles egal.

»Riecht wirklich nach Opa«, ist das Letzte, was Caro sagt, bevor sie einsteigt und im Bus verschwindet.

Und genau so komme ich mir auch vor, nachdem ich kehrtgemacht habe und zu meiner Straßenbahnhaltestelle latsche – wie der letzte Opa.

Als Caros Bus an mir vorbeifährt, suche ich nach ihr. Entdecke aber nichts. Kein Gesicht, kein Winken … kein Garnichts.

Sie muss nur drei Stationen fahren. Ich schaue den Rücklichtern hinterher und könnte heulen. Weil ich mir schon ausgemalt habe, wie ich Caro zu Fuß nach Hause begleitet hätte.

Dann will ich nur noch heim.

Mit dem Kopf bin ich immer noch im Kino und fast schon an der Straßenbahnhaltestelle … doch dann sehe ich, wie sie mir entgegenkommen, fuck, verdammt!

Und jetzt? Kaum jemand unterwegs. Es nieselt und ist dunkel. Vor mir geht ein älteres Ehepaar.

Schnell auf die andere Straßenseite, nicht rüberschauen und weitergehen. Vielleicht …

Mist, sie haben mich entdeckt. So ein bekackter Fuck! Jetzt kommen sie rüber. Und ich habe das scheißblöde Gefühl, dass das gleich Megastress gibt.

Wo soll ich hin?

Das Handy rausholen und so tun, als ob …? Keine gute Idee.

Mir ist übel.

»Der Opa«, höre ich vom Ersten.

»Pst, wir müssen leise sein. Hat er nicht gesagt, wir sollen Klappe halten?«, sagt der Zweite.

Der Puls durchschlägt mir fast den Hals.

Umdrehen und wegrennen!?

Zu spät. Einer ist schon hinter mir. Was macht der? Er schubst mich. Ich strauchle, falle … nein, kann mich gerade noch abfangen.

Stehe wieder, schaue direkt in das Gesicht von Hassan. Was kommt jetzt? Ich sehe mich um. Mir ist kalt, ich zittere. Hassan grinst. Schubst mich wieder zurück. »Klappe halten, oder was!?« Kommt näher, steht direkt vor mir. »Du stinkst, Opa!«

Ich weiß, was er will. Ich seh's ihm an. Eine falsche Bewegung, ein falsches Wort von mir, und er schlägt zu. Und wahrscheinlich nicht nur er.

Was kann ich tun? Die sind zu viert. Weglaufen? Er kommt noch dichter ran. Ich kann ihn riechen. Was gibt das? Mein Puls schlägt bis an die Schläfen. Mache einen Schritt nach hinten. Abstand. Geht nicht. Hände im Rücken drücken mich wieder vor.

Was ist jetzt? Hassan schielt an mir vorbei, sein Gesichtsausdruck verändert sich. Was ist da los?

»OLÉÉ … OLÉ, OLÉ, OLÉ!«, höre ich. Wird lauter. Hassan macht einen Schritt zurück. Die anderen auch. Sie schauen alle schräg hinter mich.

Ich drehe mich kurz um. Dann seh ich sie. FC-Fans. Eindeutig.

Jetzt haben sie uns entdeckt und wechseln die Straßenseite. Kommen direkt auf uns zu. Es sind viele, ein Riesenhaufen. Die Hassan-Jungs schauen sich an, weichen immer mehr zurück. Haben schon ein paar Meter Abstand.

Die ersten FC-Fans sind neben mir.

»Gibt's Probleme?«, fragt einer.

Bevor ich antworten kann, sagt ein anderer: »Die lösen wir!« Von hinten tönt's: »OLÉÉ … OLÉ, OLÉ, OLÉ!«

Ich sehe nur noch schwarz-weiße Trikots, Mützen und Schals um mich herum.

Sie nehmen mich in die Mitte, klopfen mir auf die Schulter und steuern mit mir die Straßenbahnhaltestelle an. *Fan-Club Wölfe*, lese ich bei einigen hinten auf der Jacke. Mir wird wieder warm.

Die Wärme der Wölfe, geht mir durch den Kopf. Das hat

der Fitzke neulich mal erwähnt. Keine Ahnung, in welchem Zusammenhang … Egal. Alles gut.

Die Hassan-Truppe ist verschwunden. Weggerannt.

Ich kann es immer noch nicht glauben, als ich mit den vielen FC-Fans in der fahrenden Straßenbahn stehe. Sie singen, grölen und riechen nach Bier. Stört mich alles nicht. Ganz im Gegenteil, ich hätte am liebsten mitgesungen und bekomme immer wieder Gänsehaut.

Kurz vor dem Aussteigen legt mir noch einer die Hand auf die Schulter. Fühlt sich gut an. *Alex* steht auf seiner FC-Jacke. Zuerst hat er mir leidgetan, mit seinem Handicap am rechten Auge, das offenbar nur noch halb aufgeht und etwas hängt. Als Alex sich mit einem gelallten »Heimsieg!« von mir verabschiedet, sieht er richtig glücklich aus. Ich wäre am liebsten mit ihm weitergefahren. Egal wohin.

3.

Das ist vielleicht eine Scheißnacht gewesen.

Stundenlang habe ich mich hin und her gewälzt und von Hassan und den FC-Fans geträumt. Im Halbschlaf ist mir Hassan sogar noch vor meinen *Doom*-Kanonen erschienen. Ich habe geballert ohne Ende, der Kerl war aber nicht totzukriegen. Er hatte mindestens fünf Leben.

Der Wecker hat mir dann den Stecker gezogen.

Halb sieben. Gefühlt halb drei. Ich quäle mich aus dem Bett und schlurfe müde aus meinem Zimmer. Fühle mich, als käme ich direkt aus dem Schleudergang der Waschmaschine.

Kaum in der Küche, sagt Mam: »Geht's dir nicht gut?«

Das wäre die Lösung. Müsste nur *Ja* sagen und schon hätte ich die Entschuldigung in der Tasche. Bräuchte nicht einmal groß auf dem Klo rumstöhnen.

Nein, da muss ich durch. Wenn ich heute kneife, würde Caro in den nächsten hundert Jahren weder einen Tisch mit mir stemmen noch sonst irgendwas. Falls da überhaupt noch was geht.

Als ich die Wohnungstür hinter mir zumache und zur Schule gehe, hätte ich am liebsten eine andere Tür auch hinter mir zugemacht. Und zwar die in meinem Kopf. Geht aber nicht, sie klemmt. Und durch den offenen Spalt sehe ich ständig meine jämmerliche Vorstellung im Kino.

Kurz vor dem Schulgebäude zögere ich und trödle ewig rum. Es ist kaum noch jemand zu sehen, sind alle schon drin.

Ein Zwerg mit einem riesigen Schulranzen auf dem Rücken rennt über die Straße.

Ich muss irgendwie mit Caro über gestern reden. Aber was soll ich groß sagen? Weiß nicht einmal, wie ich anfangen soll. Ich beschließe, nicht zu früh ins Klassenzimmer zu kommen. Vielleicht auf den letzten Drücker, erst kurz vor oder besser noch mit dem Fitzke, bei dem wir gleich Deutsch haben. Ich habe echt keinen Bock auf unnötiges Kino-Gelaber. Wer weiß, was da schon die Runde gemacht hat. Blöderweise sind die zwei aus der Parallelklasse auch im Kino gewesen und haben bestimmt den ganzen Stress mitgekriegt.

War ja klar, dass der Fitzke mal wieder zu spät kommt. Ich stiefle also praktisch als Letzter ins Klassenzimmer und wie ich den Kopf durch die Tür stecke, kommt es mir vor, als wäre es auf einmal leiser geworden. Die haben über mich geredet!? Das kriege ich raus, ich werde Nuri fragen.

Ist dann aber gar nicht mehr nötig. Ich sitze noch keine zehn Sekunden auf meinem Platz, schiele gerade zu Caro, als ich hinter mir Kemal höre: »Uhuu, megagefährlicher Bad Boy im Klassenzimmer.«

Ist klar, wen er meint. Aber nicht klar, warum der nicht mal seine blöde Klappe halten kann. Keine Ahnung, was mit dem schon wieder los ist. Wahrscheinlich wäre er selber gern mit Caro ins Kino gegangen. Ich sehe auch gleich, dass sie ziemlich genervt zuerst zu Kemal und dann zu mir schaut. Nicht schon wieder, denke ich und würde am liebsten aufstehen, zu Kemal gehen und ihm vor der ganzen Klasse … aber dann kommt der Fitzke rein!

Keine Ahnung, um was es in Deutsch geht. Höre überhaupt nicht zu. Ist mir auch alles egal. Aber der Fitzke lässt mich in

Ruhe. Er lässt mich meistens in Ruhe, weil ich ziemlich gut in Deutsch bin. Im Gegensatz zu manch anderen aus den hinteren Reihen. »Wenn ihr eure große Klappe wenigstens in fehlerfreiem Deutsch aufreißen würdet …«, hat er in der letzten Stunde geschnauzt, als hinten mal wieder ohne Ende palavert und nicht aufgepasst wurde.

Trotzdem dauert die Stunde ewig und mein ganzer Plan, bei passender Gelegenheit mit Caro über den gestrigen Abend zu reden, ist nach der scheißblöden Kemal-Aktion endgültig verpufft. Caro geht das Ganze bestimmt genauso auf die Nerven wie mir.

Als der Gong ertönt, ist von Kemal zwar nichts mehr zu hören, ich bin aber trotzdem bei den Ersten, die aus dem Klassenzimmer verschwinden, und überlege, wo ich mich in der großen Pause am besten verstecken kann. Habe keinen Bock auf blödes Rumgelaber.

Ich gehe deshalb nicht in die Ecke des Pausenhofs, in der unsere Klasse normalerweise steht, sondern in die entgegengesetzte Richtung – zum Raucherbereich. Wenn ich hier die nächsten Tage meine Ruhe hätte, würde ich sogar mit dem Rauchen anfangen, geht mir durch den Kopf.

Habe ich aber nicht. Sven taucht mit brennender Zigarette in der Hand neben mir auf.

»Hattest du gestern Stress nach dem Kino?« Er ist wie ich sechzehn und darf offiziell rauchen. Im Gegensatz zu anderen Löwen, die heimlich qualmen müssen.

Oh Mann, warum habe ich nicht eine andere Ecke angesteuert? Frage mich aber dann, was er überhaupt gemeint hat. Klar hatte ich Stress, aber woher weiß er von der Aktion NACH dem Kino? Das weiß nicht einmal Caro. Das weiß niemand.

»Wieso?«, frage ich.

»Zuerst hat ein FC-Kumpel gestern Abend gepostet, dass da einer Ärger gehabt hat, als sie nach dem Spiel am Kino vorbeigekommen sind«, antwortet Sven. »Und heute Morgen hat mir Caro erzählt, dass man euch im Kino angemacht hat.«

Soso … hat ihm Caro erzählt. Macht ja schnell die Runde. Fehlt nur noch das entsprechende Video im Netz.

»Da musst du mal zu mir in die Berliner Straße kommen«, sagt Sven dann. »Da ist das an der Tagesordnung.« Sven ist größer als ich, und mit seiner tiefen Stimme wirkt er fast schon wie ein Erwachsener.

»Was?«, frage ich.

»Dass du von solchen Typen blöd angemacht wirst«, antwortet er und zieht an seiner Zigarette. Ich hätte am liebsten auch einen Zug genommen. »Da gibt's nämlich jede Menge davon. Und das ist eine andere Liga als der Kindergarten in unserer Klasse.«

Dies ist die erste Begegnung heute, bei der sich nicht gleich mein Magen zusammenkrampft. Das hat sich jetzt fast nett angehört. So kenne ich Sven noch gar nicht. Gut, er ist erst vor drei Monaten in unsere Klasse gekommen, weil er von einem anderen Stadtteil hierhergezogen ist.

»Möchtest du mal mitkommen?«, fragt Sven.

»Wohin?«

»Zu einem FC-Spiel. Ich kann dir über unseren Fan-Club eine Karte besorgen.«

Vielleicht gar keine schlechte Idee, denke ich. Hab ja schon welche vom Fan-Club kennengelernt.

Anschließend im Klassenzimmer unterhalten wir uns immer noch über Fußball, und die Sache mit dem nächsten

Heimspiel ist abgemacht. Kemal schleicht zwar ständig um uns herum, hält aber die Klappe. Ich bin froh, dass die Aktion von heute Morgen nicht mehr groß aufgewärmt wird.

Als ich an meinen Platz gehe, schiele ich zu ihr rüber und sehe, dass sie zuerst zu Sven und dann kurz zu mir schaut. Täusche ich mich, oder habe ich da für einen Sekundenbruchteil ein Lächeln gesehen? Hm, weiß aber nicht, wem es gegolten hat. Vielleicht hat ihr gefallen, dass ich das Territorium der Löwen betreten habe.

Der Einzige, der von dem gestrigen Kinoabend noch etwas wissen will, ist Nuri.

Er bestätigt dann auch meine Vermutung, Nuri hat nämlich gesehen, dass Kemal vor dem Unterricht mit den zwei Kinogängern aus der Parallelklasse die Köpfe zusammensteckt hat.

Nuri entgeht nichts. Er kann überall auf- und wieder abtauchen. Wie ein Phantom. Und schafft es, dass er kaum bemerkt wird. Als hätte er eine Tarnkappe auf. Vorausgesetzt, dass ihn nicht gerade jemand wie Kemal auf dem Kieker hat.

Im Gegensatz zu den anderen bin ich für Nuri sogar fast ein Held. Als ich ihm von der Attacke während und nach dem Kino erzähle, ist er so sprachlos, dass er außer »Alter« und »krass« kaum etwas dazu sagen kann.

Und während ich überlege, dass Paps das wohl etwas anders sehen würde, fällt mir ein, dass sich Nuri darüber gar keinen Kopf machen würde. Er weiß nämlich nicht einmal, ob sein Vater überhaupt noch lebt. Er spricht nicht gerne darüber, aber einmal hat er erzählt, dass sein Vater im Libanon, wo es oft kriegerische Auseinandersetzungen gegeben hat, eines Abends nicht mehr heimgekommen ist. Ein paar Monate später sind er und seine Mutter dann in Deutschland gelandet.

4.

Ich kenne die Gegend um die Berliner Straße nicht wirklich.

Ziemlicher Trubel, als ich aus dem Bus steige. Leute rennen hin und her oder stehen rum und unterhalten sich lautstark in allen möglichen Sprachen.

Männer mit Bärten, Frauen mit Kopftüchern und vielen Kindern. Haufenweise kleine Geschäfte: Friseur, Handy-Laden, Lebensmittel … und vor allem Ess- und Imbiss-Buden. Es riecht an allen Ecken und Enden superlecker. Döner, Kebab, Falafel und das ganze Zeugs. Verhungern werde ich hier nicht.

In dieser Straße gibt es fast alles, nur keine Hausnummern. Zum Glück hat mir Sven einigermaßen beschrieben, wo er wohnt.

Weit kann es nicht mehr sein. Da vorne ist die Bushaltestelle, von der wir ohne Umsteigen zum Fußballstadion kommen. Ich soll ihm kurz texten, wenn ich vor seinem Haus bin.

Hier ist es, denke ich, als ich vor dem Durchgang eines großen Wohnblocks stehe, der in einen kleinen Hinterhof führt. Ziemlich dunkel dadrin und nicht besonders einladend. Erinnert eher an den Tunnel einer Fußgänger-Unterführung. Müll liegt rum und an die Hauswand hat jemand *Fak* hingeschmiert. Der hat wohl nicht gewusst, wie man *Fuck* schreibt. Und riechen tut's wie in der Bahnhofstoilette.

Ich habe das Handy schon in den Fingern, um Sven Bescheid zu geben, bin aber noch zu früh dran. Ich schau mal an den Klingeln, ob ich richtig bin und *Mazur* entdecke, wie Sven mit Nachnamen heißt.

Die Namen an der Eingangstür in diesem düsteren Durchgang sind aber kaum zu entziffern. Ich muss ziemlich nah ran und schalte die Taschenlampe meines Handys an.

»Was geht?«, tönt es plötzlich hinter mir.

Wo kommt der auf einmal her?

»Ich suche …«, antworte ich. Doch verdammt! Gerade habe ich den Nachnamen von Sven noch im Kopf gehabt und jetzt fällt er mir nicht mehr ein. Einfach weg. »Ich … äh …«

»Was machst du hier, Alter? Ich kenn dich nicht.«

Wie soll er mich auch kennen, ich bin ja zum ersten Mal in der Gegend.

»Was geht, Hamit?«, höre ich schon wieder. Jetzt von jemand, der von der Straße angelatscht kommt.

»Sieht aus, als fotografiert einer mit Handy Namen und gibt Adresse weiter …«, antwortet der erste Was-geht-Frager, der offenbar Hamit heißt

Nein, nein … Quatsch. Das sieht vielleicht so aus …, will ich gerade sagen, aber dann fällt er mir wieder ein: »Mazur!«, sage ich schnell. Keine Ahnung, aus welcher Ecke meines Gehirns auf einmal Svens Nachname wieder hergekommen ist. »Sven Mazur! Ich suche Sven Mazur!«

Die beiden schauen sich kurz an, dann deutet dieser Hamit mit dem Kopf über seine linke Schulter und sagt: »Nächstes Haus!«

Zehn Meter weiter stehe ich vor einem genau gleich aussehenden Gebäude mit identischem Eingang und rufe sofort Sven an. Nicht, dass da noch mal einer angelatscht kommt.

»Ich sehe dich von oben«, sagt Sven, der gleich rangegangen ist. »Komm hoch, vierter Stock. Müsste offen sein. Bin gleich so weit.«

»Okay«, sage ich und gehe zögerlich in den anderen dunklen Gebäudedurchgang. Sieht auch nicht viel besser aus.

Er hat recht, die Eingangstür gibt nach. Das Treppenhaus ist ziemlich miefig und runtergekommen. Ein paar Eimer Farbe könnten nichts schaden.

Ich bin ganz schön außer Atem, als ich im vierten Stock ankomme. Sven steht schon da.

»Hi. Wieso ist bei euch die Tür unten nicht abgeschlossen?«, frage ich. »Da kann ja jeder reinspazieren.«

»Stimmt. Kaputt. Kaum ist das repariert, tritt wieder einer dagegen«, antwortet Sven. »Da kommen tatsächlich viele rein. Hast du eine Ahnung, wer da alles rumhängt … halb Nordafrika.«

Hmm … meint er Leute wie diesen Hamit?

»Komm rein, bin gleich so weit.« Sven winkt mich durch die Tür. »Meine Mutter ist unterwegs, Ralf ist da.«

Ich brauche nicht zu fragen, wer Ralf ist. Ich höre ihn schon rumhusten und ein paar Sekunden später sehe ich ihn, als wir durch den Flur gehen und an dem kleinen Wohnzimmer vorbeikommen. Es riecht nach Zigarettenrauch. Dieser Ralf, etwa so alt wie Paps, fläzt sich gerade mit Jogginghose auf dem Sofa und stiert in den laufenden Fernseher.

Ich habe schon ein *Hallo* auf den Lippen, lass es aber dann. Scheint ihn nicht zu interessieren, er sieht nicht einmal her. Komischer Kerl. Sven sagt nichts dazu, verdreht nur kurz die Augen und meint, dass er noch schnell etwas Wichtiges holen müsse.

Dann kommt er zurück, drückt mir einen FC-Schal in die

Hand und sagt: »Den brauchst du.« Seinen eigenen hat er schon umgebunden.

Als wir an der Bushaltestelle stehen, will ich Sven nach Ralf fragen. Irgendwie haben wir da vielleicht etwas gemeinsam – Stress mit unseren Vätern. Oder vielmehr Mütter, die Stress mit unseren Vätern haben. Aber keine Ahnung, ob dieser Ralf Svens Vater ist. Denke, eher nicht.

Egal, Sven scheint mit dem Kopf sowieso woanders zu sein. Jedenfalls dreht er sich ständig um und schaut zu einer Imbissbude rüber. Fünfzig Meter rechts von uns, an der zwei Typen und ein Mädchen rumhängen. Bis er dann »Warte kurz!« sagt und rübergeht.

Ich sehe, wie Sven mit dem Mädchen redet. Er gestikuliert und zeigt mit der Hand in die Richtung, wo er wohnt. Zuerst denke ich, was hat er denn für ein Problem mit dieser Tussi? Aber dann checke ich, dass es seine Schwester Mia ist, die ich von der Schule kenne. Sie geht in die Siebte und ist dreizehn. Aber aufgebrezelt wie eine Sechzehnjährige. Caro hat mal eine Bemerkung gemacht, dass das in die falsche Richtung liefe. Außerdem erkenne ich jetzt die beiden Typen. Es sind Hamit und der andere Was-geht-Frager, die mir vor zehn Minuten am falschen Hauseingang begegnet sind.

Sven sieht ziemlich genervt aus. Unser Bus kommt um die Ecke gebogen und er spurtet wieder hierher. Immerhin hat er geschafft, dass seine Schwester heimgeht. Zumindest ist sie in die Richtung von Svens Wohnung unterwegs.

»Die zwei kenn ich«, sage ich im Bus zu Sven. Vielleicht kann ich ihn etwas aufmuntern.

»Wen, Hamit?«, fragt Sven. »Den Möchtegern-Freund von Mia?«

»Ja genau. Er hat mir gesagt, wo du wohnst, als ich zuerst das falsche Haus angesteuert habe.«

»Klar, dass der das weiß.«

»Aber er passt auf, wenn sich Fremde hier rumtreiben«, ergänze ich und will andeuten, dass Hamit vielleicht gar nicht so übel ist. Zumindest mir gegenüber ging's einigermaßen. Außerdem könnte es ja sein, dass er gar nicht weiß, dass Svens Schwester erst dreizehn ist. Sieht man ja auch nicht auf den ersten Blick.

Sven hat trotzdem ein Problem mit ihm.

Egal, denn in der Zwischenzeit können wir uns sowieso kaum noch unterhalten. Viele FC-Fans um uns herum, die jetzt lautstark fast den ganzen Bus bevölkern. Alles Leute mit Fan-Trikots, Fahnen, Mützen, Schals, Tröten ..., die uns auf die Schulter klopfen und »OLÉÉÉ ... OLÉ, OLÉ, OLÉ!« singen. Erinnert mich sofort an den Kino-Abend. Und als die Bustüren zugehen, geht auch die Hassan-Tür in meinem Kopf zu, die gerade wieder kurz aufgegangen ist. Die FC-Fans haben sie zugeschlagen.

Einige riechen nach Bier, ein paar nach Schweiß. Stört mich alles nicht. Ganz im Gegenteil, mit meinem Schal um den Hals bin ich einer von ihnen.

Ich wundere mich, dass wir schon zwei Haltestellen vor dem Fußballstadion aussteigen.

Sven klärt mich aber auf, dass es gute Tradition wäre, gemeinsam noch eine Viertelstunde »anzumarschieren«, sich praktisch wie die Mannschaft warm laufen und in Stimmung bringen.

Der Menschenstrom, der sich mit uns in Richtung Fußballstadion bewegt, wird immer größer.

Lärm ohne Ende, fast wie in einem Bierzelt. Singen, krakeelen, tröten, trommeln … aber kein Stress, richtig gute Stimmung. Wir sind auf der ganzen Straße unterwegs, scheint für Autos gesperrt zu sein.

Vor uns kommt ein Döner-Laden in Sicht. *Der macht bestimmt das Geschäft seines Lebens*, denke ich. Er ist aber dicht – regelrecht verriegelt. *Heute geschlossen*, lese ich, als wir näher rankommen. Sven grinst und deutet auf das Schild. »Die machen mit uns kein Geschäft. Ich kann dieses Zeugs nicht mehr sehen und riechen.«

»Die mit ihrer Schafscheiße …«, höre ich einen anderen neben uns schimpfen, der's mitbekommen hat. »In fünf Minuten bekommen wir echte deutsche Bratwürste«, kommt noch hinterher.

Okay, meinetwegen, wenn er meint. Ich habe sowieso keinen Hunger, Döner wäre mir aber trotzdem lieber gewesen.

Jetzt muss ich aufpassen, dass ich nicht über einen Mann stolpere, der am Straßenrand sitzt und schnorrt. Kann ihm gerade noch ausweichen. Andere sind da nicht so rücksichtsvoll. Ich höre den Kerl hinter mir fluchen und schimpfen. Verstehe zwar seine Sprache nicht, ist aber klar, wen er meint. Er hätte sich auch denken können, dass er im Weg und der Platz bei einem Heimspiel nicht so superideal ist.

»Letzte Gelegenheit«, sagt Sven, nachdem wir am Fußballstadion angekommen sind. »Hier draußen gibt's noch richtiges Bier, drinnen nur bleifrei.«

Für mich kein großes Thema, Bier schmeckt mir nicht so besonders. Was man von den vielen FC-Fans nicht behaupten kann. Da wird ordentlich vorgeglüht.

Aber dann wird's gleich hektisch. Wir sind im Stadiongelände auf dem Weg zu unserem Block, als eine Horde von gegnerischen Fans entdeckt wird, die gerade durch ein anderes Tor reinkommt.

Unsere Gruppe ändert sofort die Richtung und hält lauthals auf den Gegner zu. Wie eine Meute Indianer, die plötzlich das Kriegsbeil ausgegraben hat und mit wildem Geschrei losstürmt. Von einer Sekunde auf die andere wird zum Angriff geblasen. Als bräuchte man nur einen Schalter umlegen.

Und ich mittendrin dabei. Mir bleibt aber gar nichts anderes übrig, auch wenn es bei mir keinen Schalter zum Umlegen gibt, ich muss da jetzt mit. Und kann nur hoffen, dass das nicht in einer wüsten Schlägerei endet.

Sieht aber ganz danach aus. Ich habe kein gutes Gefühl, wenn ich in die Gesichter um mich herum sehe. Einige sehen aus wie der Kampfhund vom Paschke bei uns im ersten Stock. Ein Pitbull, der Brutus heißt und genauso dreinschaut, wenn er mich anbellt und wie blöd an der Leine zerrt.

Oder ist die ganze Aufregung nur, weil das heute ein superwichtiges Spiel gegen den Abstieg ist? »Mutig nach vorne spielen und keine Schwächen zeigen«, hat es geheißen. Und so wie's aussieht, gehen die richtigen Fans gleich mal mit gutem Beispiel voran.

Und die gegnerische Gruppe, die nur noch zwanzig Meter entfernt ist, sieht's genauso.

Wie zwei Boxer, die mit erhobenen Fäusten aus ihren Ecken kommen, und beiden ist klar, dass gleich losgeprügelt wird.

Mein Puls hat schon mal von null auf hundert beschleunigt, dass mir gleich der kalte Schweiß auf der Stirn steht. Sven lässt sich total mitreißen und ist bereits ein paar Meter vor mir. Auweia!

Wir sind in der Überzahl, versuche ich mich zu beruhigen, kann ja eigentlich nicht viel passieren. Ich muss an die furchtlosen Bad Boys denken und komme mir fast schon selbst wie einer vor. Caro wäre bestimmt megabeeindruckt, wenn sie mich jetzt sehen könnte.

Dann höre ich plötzlich Trillerpfeifen und wütendes Hundegebell.

Polizei!

Geht dazwischen und trennt die hitzköpfigen Streithähne an vorderster Front gerade noch rechtzeitig.

Es gibt noch ein kurzes, heftiges Geplärre, wie bei zwei Hunden, die an ihren Leinen zerren und sich nur ankläffen können, weil sie nicht zusammenkommen. Doch dann ist der ganze Spuk zum Glück vorbei.

Die gegnerischen Fans, immer noch grölend und wild zu uns her gestikulierend, werden von der Polizei in einen separaten Bereich des Stadions geleitet.

Anschließend steuern wir den Block D an, wo wir zu einem speziellen Eingang müssen, an dem uns Ordner zuerst abtasten und durchsuchen.

Ist für mich alles totales Neuland, bin jetzt aber wieder einigermaßen entspannt. Sven ist wieder an meiner Seite und die FC-Fans fangen an zu singen. Geile Gänsehaut-Stimmung.

»Dicht an mir bleiben«, meint Sven nach der Eingangskontrolle. »Kann sein, dass wir uns verlieren. Die Stehplätze sind nicht nummeriert, da muss man sich schnell für eine Reihe entscheiden … und kann dann nicht mehr wechseln.«

»Alles klar!« Ich versuche dranzubleiben, muss mich aber die ganze Zeit umschauen. Wahnsinn, was da los und wer alles unterwegs ist.

Als ich zum ersten Mal einen Blick ins Stadion werfen kann, traue ich meinen Augen, vielmehr meinen Ohren nicht. Zuvor hatte ich schon gedacht, dass es kaum lauter ginge. Aber jetzt ist es ein Höllenlärm, als wir von oben unseren Block betreten. Gegröle, Schlachtrufe, ein Meer von Fahnen und ein Gedränge ohne Ende.

Vor lauter Staunen habe ich einen Moment nicht aufgepasst, und schon ist Sven zwei Meter von mir weg. Aber egal, die Stimmung ist so super, dass ich sogar leicht ins Zittern komme.

Von hinten wird jetzt gnadenlos nach unten geschoben. Sven blickt sich zu mir um und ruft mir etwas zu. Ich verstehe kein Wort. Dann sehe ich, dass er sich rechts in eine Stehplatzreihe zwängt.

Für mich ist es zu spät, ich schaffe es nicht mehr. Werde weiter nach unten gedrückt, muss aufpassen, dass ich an den Stufen nicht stolpere, und kann nicht mehr zurück. Keine Chance. Aber egal, alles supergeil, ich freue mich auf das Spiel.

Es gelingt mir dann ebenfalls, rechts in eine Reihe zu kommen. Und mach's dann einfach so wie der, der gerade noch vor mir gewesen ist, bleibe einfach stehen, als ich einigermaßen gute Sicht aufs Spielfeld habe.

Von Sven ist aber weit und breit nichts mehr zu sehen. Dafür von meiner unmittelbaren Nachbarschaft. Links neben mir steht ein glatzköpfiger Koloss in Springerstiefeln. Er singt und grölt zwar auch wie alle anderen um mich herum, bei ihm kommt aber nicht mehr viel raus. Der ist schon total heiser. Hinten auf seiner Jeansjacke steht groß der Name seines Fan-Clubs, den ich schon kenne: DIE WÖLFE. Jetzt mustert er mich ziemlich grimmig von oben bis unten. Er hat ein großes

Wolfskopf-Tattoo am Hals. Dem möchte ich nicht bei Nacht begegnen. Er sieht mich an, als hätte er jemand anderen erwartet.

Was macht er jetzt? Er holt mit dem Arm aus. Scheiße, was gibt das … ich muss weg. Dann klatscht seine Hand auf meinen Rücken, dass ich einen Schritt nach vorne stolpere. Jetzt grinst er und streckt mir die Hand zum High Five her. Puh … Ich klatsche ab, grinse ebenfalls und habe offenbar einen neuen Freund.

Kein schlechter Platz. Ich sehe fast das ganze Spielfeld, auf dem sich die Kicker gerade aufstellen. Um mich herum wird es immer lauter. Man spürt die Spannung vor dem Anpfiff fast körperlich, als stünde man selber auf dem Rasen.

Und dann geht's los. Ich höre den Pfiff vom Schiedsrichter und dann nichts mehr. Doch, infernalischen Lärm von Tröten, Rasseln und Hupen. Ich halte mir kurz die Ohren zu und sehe nur noch Fahnen.

Aber alles total geil. Bis ich plötzlich erschrecke, weil mich der wolfsjackige Glatzkopf am Arm packt und mich mit großen, panischen Augen anstarrt. Was will er von mir? Was gibt das? Jetzt hakt er ein und zieht mich nach oben. Dann wieder runter. Hä? Der Armbesitzer glotzt mich immer noch an.

Dann sehe und kapiere ich es. Er will hüpfen. Mit mir. Weil alle hüpfen. Vor mir, neben mir … Ich hüpfe mit. Geil. Geht gut. Ich bin mit dem Glatzkopf im Takt. Es sind Hunderte, Tausende, ein riesiger hüpfender Menschenteppich. Und ich bin dabei. Coole Sache, Gänsehaut von oben bis unten.

Die ersten Spielzüge auf dem Rasen. Mega Stimmung. Alles wird kommentiert. Dann wieder ein Meer von Fahnen vor mir.

Der FC ist total überlegen, die Anfeuerungen werden immer gewaltiger. »OLÉÉ ... OLÉ, OLÉ, OLÉ!« Ich singe mit. Stimme mit ein, werde immer lauter. Der Mozart hätte seine helle Freude daran. Nicht der echte! Ich meine den Pavlik, unseren Musiklehrer, der uns immer mit Mozart nervt und deshalb diesen Spitznamen hat. Der soll noch einmal sagen, ich singe nicht laut genug.

Ein Pfiff jetzt! Vom Schiedsrichter. Was ist da los? Zuerst ist es für eine Sekunde fast still. Aber dann beginnt ein infernalisches Pfeifkonzert, gefolgt von übelsten Beschimpfungen an die Adresse des Schiris: »Arschloch, Wichser ...« Er hat gegen uns ein Foul gepfiffen. Der gegnerische Spieler liegt noch am Boden. »SCHAUSPIELER!«, schreien sie zu ihm runter. »GEH SCHEIßEN!«

Wir singen wieder. Das Spiel geht weiter. Und zwar superspannend hin und her. Ich bin total angesteckt, fiebere voll mit. Geil. Jede Kleinigkeit auf dem Spielfeld wird behandelt, als ginge es um Leben und Tod. Kommt einem auch fast so vor.

Aber dann bricht die Hölle los! Ich habe einen Moment ins weite Rund geschaut, wo gerade eine La-Ola-Welle durchs Stadion läuft. Und das Erste, das ich wahrnehme, ist infernalischer Lärm. Sicht aufs Spielfeld habe ich keine mehr. Alles springt hoch und tobt. Jetzt schlägt mir der Wolf wieder auf die Schulter, dass mir fast die Luft wegbleibt. Dann nehme ich es wahr: »TOOOOOOR!!!«, schallt es aus Tausenden von Kehlen. Der Glatzkopf umarmt mich, hebt mich hoch ... Sprechen kann er nicht mehr. Ich höre nur noch Kehllaute. Fehlt nur noch, dass er mich ableckt wie ein Hund.

Der FC hat ein Tor geschossen! Die Fans im Stadion toben

und sind außer Rand und Band. Liegen sich in den Armen und feiern, als hätten sie einen Krieg gewonnen.

In der Halbzeit haben sich die meisten wieder etwas beruhigt, die Freude und die gute Stimmung halten aber an. Mein anderer Nachbar, der auch in einer Wölfe-Jacke steckt, drückt mir seine Riesenfahne in die Hand und versucht irgendwie aus unserer Reihe und in Richtung Ausgang zu kommen. »Brauche ein Bier!«, hat er gemeint. Ist zwar ein großer Kerl, aber keine Ahnung, wie der das schaffen will, hier weg- und wieder zurückzukommen. Aussichtslos.

Im Laufe des Spieles wird es immer enger und voller. Aber kein Problem, mir geht's super mit der Fahne in der Hand, auch wenn ich sie wieder abgeben muss.

Wie auf einer supergeilen Party. Man umarmt sich, klopft sich auf die Schulter, beschimpft gemeinsam Gegner und Schiedsrichter …

Und das Beste – die gute Stimmung und das 1:0 halten bis zum Abpfiff. Der FC hat gewonnen! Auch wenn es immer wieder Szenen gegeben hat, wo das ganze Stadion die Luft anhielt.

Zum Schluss bleibe ich stehen und mache das, was alle tun: mit den Spielern, die sich unten vor dem Zaun für die Unterstützung bedanken, noch minutenlang singen und jubeln. Geil.

Dann werde ich so rausgeschoben, wie ich zwei Stunden zuvor reingedrückt wurde. Und mittlerweile ebenfalls heiser, aber happy … wie alle.

Tausende strömen jetzt von den Rängen aus dem Fußballstadion. Singen, grölen und schwenken ihre Fahnen. Ich halte Ausschau nach Sven, kann ihn aber nicht finden. Ist aber kein

Problem, wir haben ohnehin nicht den gleichen Nachhauseweg.

Alles okay?, lese ich von Sven, nachdem ich mich in den Bus gezwängt habe. Es ist so eng, dass ich kaum das Handy aus der Hosentasche bekommen habe. Aber auch hier, obwohl einige zu viel Bier intus haben – kein Stress, nur gute Stimmung.

Ja, alles bestens. Geil. Supercoole Sache, schreibe ich Sven zurück.

Wir sind noch bei Winnie in der Stuttgarter Straße, gibt Sven dann durch. Ich kenne zwar *Winnie* nicht, vermute aber, dass es eine Kneipe ist. Doch ich kenne die Stuttgarter Straße – dort wohnt jetzt Paps.

Ich überlege, was ich Mam alles erzählen soll. Bin mir allerdings nicht sicher, ob sie das versteht.

Doch, ich bin mir sicher: Sie versteht das NICHT! Wenn die Fußball hört, dann … Aber jetzt kündigt der Buslautsprecher die Stuttgarter Straße an, die auf dem Weg liegt.

Hmm. Ich überlege, zögere noch, steige dann aber aus.

Winnie ist nicht schwer zu finden. Ich sehe FC-Fans, die alle das gleiche Ziel ansteuern. Das muss es sein. Eindeutig.

Vor mir ist eine Gruppe Wölfe und macht einen ziemlichen Radau auf der Straße. Passanten, die ihnen entgegenkommen, weichen im großen Bogen aus. Kann ich verstehen, würde ich auch tun. Da sind einige Glatzen mit Springerstiefeln dabei.

Ein paar Meter noch, die Leute im *Winnie* sind schon zu hören. Ich werde langsamer und bringe etwas Abstand zwischen mich und die Wölfe. Bin mir nämlich nicht mehr so ganz sicher, ob ich da reinwill. Wer weiß, ob ich Sven gleich finde …

Hat sich dann aber erledigt. Neben mir taucht ein weiterer Schaltträger auf, der »Das muss begossen werden!« sagt, den Arm um meine Schulter legt und mir gar keine andere Wahl lässt. Na dann, wenn er meint …

Viele Wimpel, Fahnen und Trikots mit Autogrammen an den Wänden. Man sieht sofort, welcher Fußballclub hier zu Hause ist. Und eine Stimmung fast wie im Fußballstadion, außer dass es hier mehr nach Bier, Schweiß und abgestandener Luft als nach Pyro-Nebel riecht. Aber trotzdem, richtig cool.

Praktisch im Windschatten der Wölfe, die kein Problem haben, sich den Weg durch die vielen FC-Fans zu bahnen, bin ich mit meinem neuen *Das-muss-begossen-werden*-Freund schnell an der Theke. Der keinen Zweifel aufkommen lässt, dass wir das auch gleich angehen.

Am Zapfhahn geht's zu wie am Fließband. Da warten aber auch schon eine ganze Menge Leute auf ihr Bier. Die jetzt aber Platz machen und den Wölfen den Vortritt lassen. Die bekommen hier eine Sonderbehandlung.

Sven ist auch schon da.

Dann haben die Wölfe ihr Bier und verziehen sich in eine separate Ecke. Jetzt kommt der Rest wieder dran. Lärm und Gedränge zwar, aber kein Stress – nur gute Laune.

Ich bin mittlerweile bei Sven und nippe an meinem Glas. Schmeckt nicht besonders. Bin aber froh, dass ich eins in der Hand halte. Nach einem FC-Sieg hier ohne Bier zu stehen, geht gar nicht.

Ich will gerade *Geiles Spiel* sagen, als ich meinen glatzköpfigen Stehplatz-Nachbarn vom Fußballstadion hereinkommen sehe.

Nein, er kommt nicht einfach herein, er schreitet fast.

Der Erste, der ihn sieht, drückt ihm ein Bier in die Hand. Die anderen halten ihrs zum Anstoßen hin. »Prost, Olaf!«, ist zu hören. Olaf steuert direkt auf die Wölfe zu. Scheint so was wie der Leitwolf zu sein.

Er ist fast schon an uns vorbei, als er mich entdeckt, stehen bleibt, grinst und mir auf die Schulter schlägt, dass mir fast das Bier aus der Hand fällt.

Es ist auf einmal ruhiger geworden und fast alle schauen her, als er »Unser Glücksbringer!«, sagt und mir sein Bierglas zum Anstoßen hinhält. Olafs tiefe und laute Stimme klingt zwar immer noch heiser, ist aber bestimmt im ganzen Lokal zu hören.

Im Gegensatz zu meiner. Mir kommt nur ein »Äh ... Prost!« über die Lippen, das wahrscheinlich kaum einer wahrgenommen hat. Spielt aber keine Rolle, die Leute glotzen mich an, als hätte ich vor zwei Stunden höchstpersönlich den Siegtreffer geschossen.

»Alter Schwede!«, höre ich Sven neben mir, komme aber kaum dazu, die Sache aufzuklären.

Olaf ist zwar längst verschwunden, aber ständig kommt jemand und hält mir sein Glas zum Anstoßen hin.

»Das kann dir hier nicht passieren«, sagt jetzt einer neben mir.

Meint der mich? Egal, vielleicht hat er schon ein paar Bierchen zu viel. »Jaja«, antworte ich, was auch immer mir hier nicht passieren kann.

»Alex war dabei, als du vor ein paar Tagen nach dem Kino Ärger bekommen hast ...«, sagt Sven jetzt, der offenbar gecheckt hat, dass ich nichts kapiert habe.

Dann erkenne ich Alex. Sein hängendes Auge fällt kaum noch auf, es wird jetzt von einem freudigen Gesichtsausdruck wieder wettgemacht.

»Ja, stimmt!«, sage ich und muss zu Olaf rüberschielen. Der hätte aus der Hassan-Truppe Hackfleisch gemacht. Da wäre nicht mehr viel übrig geblieben.

»Zum ersten Mal im Fanblock und gleich bei den Wölfen«, sagt Sven dann zu Alex und deutet mit dem Kopf zu mir.

»Das habe ich bis heute nicht geschafft«, antwortet Alex, bevor weitere Fans hinzustoßen und nur noch über das Spiel geredet wird.

Nachdem ich dann doch zwei Bier geleert habe, Sven und Alex gerade mit anderen quatschen, nutze ich die Gelegenheit. Hier steht man nicht lange ohne Glas, und ich merke schon die Wirkung der vorherigen. Ich verdrücke mich aus dem *Winnie*, bevor irgendjemand dagegen protestieren kann.

Ich muss erst einmal richtig durchschnaufen, als ich auf der Stuttgarter Straße stehe, und schaue zuerst links zur Bushaltestelle und dann rechts in die Richtung, wo zweihundert Meter weiter Paps wohnt.

Weil ich ohnehin noch auf den Bus warten muss, beschließe ich, kurz bei ihm vorbeizukurven. Er freut sich bestimmt, wenn ich ihm erzähle, dass ich gerade vom Fußballstadion komme. Paps ist auch FC-Fan. Hoffentlich ist er zu Hause.

Ist er nicht. Das kriege ich mit, noch bevor ich bei ihm klingeln oder ihn mit dem Handy anfunken kann. Ich sehe ihn nämlich, als ich an der offenen Tür einer Fußballkneipe vorbeikomme. Gerade mal fünfzig Meter von seiner Wohnung entfernt.

Hmm … keine gute Gelegenheit, denke ich. Paps quatscht

inmitten von ein paar Männern eifrig an der Theke. Umgeben von Flachbildschirmen an den Wänden, auf die er mit der einen Hand zeigt, während er in der anderen ein Bierglas hält.

Ich will gerade kehrtmachen und zur Bushaltestelle gehen, als ich von drinnen »Manu?!« höre. Er hat mich entdeckt!

Paps kommt sofort raus, zeigt auf meinen FC-Schal und strahlt: »Du kommst vom Spiel!?«

Ich habe nicht den Hauch einer Chance, dass ich da jetzt nicht mit reingehe. Vor ein paar Wochen hätte mich Paps gefragt, ob ich eine Cola möchte, jetzt sieht es so aus, als würde er sich freuen, dass er diese Frage nicht mehr stellen muss. Sofort habe ich ein Bier in der Hand. Ich stehe an der Bar, werde gelöchert, muss erzählen und komme mir vor wie ein Kriegsberichterstatter.

Zum Glück ist es dann bei einem Bier geblieben.

Aber die Wirkung hält noch an, als ich heimkomme.

Klar, dass Mam sofort merkt, was los ist.

Ich merke es auch. Plappere nämlich mehr, als mir lieb ist. Auch von der Begegnung mit Paps.

Mam schüttelt nur hin und wieder den Kopf, verdreht die Augen und meint dann, dass das heute zu nichts mehr führen würde, und entlässt mich mit »Du riechst nach Bier, werd bloß nicht so wie dein Vater!« in mein Zimmer.

Na prima. Toll!

Werd bloß nicht wie deine Mutter!

Werd bloß nicht wie dein Vater!

Was jetzt?

In meinem Zimmer sehe ich auf dem Handy, dass Nuri sich gemeldet hat: *Was geht?*

War mit Sven beim Fußball, schreibe ich. *Der FC hat gewonnen!*

Cool, kommt nur kurz zurück. Was mich wundert. Nuri will immer alles ganz genau wissen. Hätte ihm gerne erzählt, dass heute nicht nur der FC gewonnen hat … Aber egal, müde und total k. o. bin ich froh, dass ich meine Ruhe habe.

5.

Ich halte mich jetzt oft bei den Löwen auf, bin fast schon einer. Gäbe es einen Platz, ich würde glatt umziehen. Ist aber alles besetzt. Obwohl ... Mirko könnte seinen Stuhl vielleicht bald frei machen. Wenn man ihn noch einmal beim Kiffen erwischt, ist er fällig.

Ja gut ... Nuri. Er hat zwar noch nichts gesagt, aber ich kriege mit, wie er oft nach hinten schaut, wenn ich in den Pausen dort bin. Wahrscheinlich wäre er auch gerne mit dabei. Wir hätten eine richtig gute Sicht auf Caro.

Eine gute Sicht auf Caro hätte es vielleicht auch heute bei Fitzkes Stuhlkreis gegeben. Ist aber gar nicht so einfach. Man weiß vorher nie, wo sie ihren Stuhl platziert. Dieses Mal landet er neben Sven. Doch eine Titten-glotz-Position gegenüber von Caro ist für mich sowieso kein Thema mehr.

Im Gegensatz zu Kemal, der heute genau dort sitzt, auf Caros Brüste starrt und eine perfekte Steilvorlage für eine Revanche liefern würde.

Beim anschließenden Auflösen des Stuhlkreises in der Pause sieht es aus, als würde es heute keinen großen Stress geben. Allerdings ist nicht zu übersehen, wie Kemal verdächtig durchs Klassenzimmer tigert, während ich bei Sven und Caro stehe.

Wir sind gerade dabei, unsere Stühle zu schnappen, als auf einmal »Wer traut sich?« durchs Klassenzimmer tönt.

War klar, Kemal. Ein paar Meter entfernt hat er sich an

einem Tisch aufgebaut und schaut grinsend in unsere Richtung.

Caro sieht mich sofort an, sagt aber nichts. Ich kenne den Blick und weiß, was sie denkt: *Rache – zeig, dass du ein Löwe bist!* Zumal sie dieses Mal unbeteiligt ist und ihre Brüste nicht herhalten müssen.

Kemal, der mit dem Rücken vor der Wand steht, wartet immer noch. Hat die Arme verschränkt und sieht vielsagend zu mir rüber. Ein kurzer Blick zu Caro, dann ist mir ist klar, dass ich keine Wahl habe.

Ich bin schon auf dem Weg, als plötzlich Nuri auftaucht, an mir vorbeiflitzt und mit einem lauten »Ich!« noch vor mir Kemals Aufforderung annimmt.

Mit vollem Anlauf hat er gleich beide Hände am Tisch und rammt ihn mit ganzem Körpereinsatz blitzartig gegen Kemal. Der ist total überrascht, stolpert einen Schritt zurück, wird an die Wand gequetscht und jault: »Meine Eier, du blöder Arsch!«

Dann versucht er sich zu befreien. Nuri kann kaum dagegenhalten.

Kemal schafft es, sich herauszuwinden. Die Hälfte der Klasse grinst. Der Rest kann nur staunen, hat den Mund halb offen und erwartet ein Massaker wie bei einem japanischen Kamikaze, der sich in selbstmörderischer Absicht auf einen übermächtigen Feind gestürzt, ihn aber nicht getötet hat. Noch nicht.

Ich gehöre zu der Hälfte mit dem offenen Mund. Und kann's immer noch nicht glauben, was ich da gerade gesehen habe.

Ich bin fast am Tatort, als sich Kemal auf Nuri stürzt, ihn zu

Boden reißt und »Ich bring dich um, du kleiner Wichser!« schreit.

Im gleichen Moment höre ich Lochi mit seiner tiefen, lauten Stimme, der gerade durch die Tür gekommen sein muss: »Wer in zehn Sekunden nicht auf seinem Stuhl sitzt, kann das heute Nachmittag beim Nachsitzen nachholen!«

Puh, das ist Rettung in letzter Sekunde gewesen. Keine Ahnung, ob Nuri das überlebt hätte. Und ich bin mir nicht einmal sicher, ob er gewollt hätte, dass ich mich einmische. Muss ich nachher mal fragen.

Im Moment humpelt er ziemlich angeschlagen an seinen Platz und hält sich die Schulter.

Fast genauso wie Kemal, der aber kein Problem mit der Schulter, sondern mit seinen Eiern hat. Zumindest ist er ziemlich breitbeinig unterwegs und hat eine Hand am Schritt. Wie ein Cowboy, der nach einem langen Ritt in einem unbequemen Sattel gerade vom Pferd gestiegen ist.

»Was war das denn, bist du lebensmüde?«, frage ich Nuri, nachdem er stöhnend auf seinem Stuhl Platz genommen hat.

»Als der Arsch gefragt hat, wer sich traut, musste ich an Rache und meinen Vater denken. Und dann habe ich nur noch gedacht, dass der sich getraut hätte.«

»Meiner auch«, sage ich. »An so etwas habe ich auch gedacht.«

Als wir uns dann fast gleichzeitig nach hinten umdrehen, sehen wir, wie Kemal herschaut, mit Mittel- und Zeigefinger zuerst auf seine Augen deutet und dann mit dem Daumennagel an der Kehle entlangfährt.

Gilt eindeutig uns.

Nuri scheint aber nicht besonders beunruhigt zu sein. Das

würde ich ihm ansehen. So todesmutig kenne ich ihn noch gar nicht.

Mir geht's aber ähnlich. Vor zwei Wochen hätte ich mir noch in die Hosen gemacht. Aber jetzt, als halber Löwe, bin ich einigermaßen entspannt. Auch wenn man bei Kemal nicht weiß, ob er nur eine große Angeber-Klappe hat oder gerade wirklich so gefährlich wie ein verwundetes Raubtier ist.

Aus diesem Grund, und weil es für mich kein großer Umweg ist, schlage ich Nuri vor, dass wir nach der Schule erst einmal zusammen losziehen.

»Kommst du noch mit rauf?«, fragt Nuri, als wir an seinem Häuserblock angekommen sind.

»Klar!«

Nuris Mutter freut sich immer, wenn ich vorbeischaue. Meine Mam ist sowieso noch beim Arbeiten. Mein Essen kann ich mir auch später aufwärmen.

Ist aber nicht mehr notwendig. So schnell kann ich gar nicht schauen, wie ein Teller mit superleckeren Hackfleischbällchen, grünen Bohnen mit Tomatensauce und Reis vor mir steht.

Während ich mampfe wie ein Schaufelradbagger, kriegt Nuri seinen linken Arm kaum hoch.

Es dauert dann auch keine fünf Sekunden, bis seine Mutter fragt: »Was ist mit deinem Arm, Nuri?«

»Hingefallen.«

Ist ja nicht einmal gelogen.

Die Augen von Nuris Mutter verengen sich kurz zu Schlitzen, dann fragt sie: »Wer ist noch hingefallen?«

Anschließend eiert Nuri noch etwas herum, aber fünf Minuten später weiß seine Mutter halbwegs Bescheid, dass es eine Rangelei gegeben hat.

Die Mams dieser Welt scheinen in dieser Hinsicht alle gleich zu sein.

Nuri und ich gehen so zur Schule, wie wir am Tag vorher heimgegangen sind – zusammen. Wer weiß, was Kemal ausgeheckt und für uns vorbereitet hat. Der Kerl ist unberechenbar.

Zuerst denken wir, er hat sich versteckt oder lauert uns irgendwo auf, weil er weder im Schulgebäude noch im Klassenzimmer zu sehen ist. Aber dann ist klar, er ist heute nicht in der Schule.

»Meinst du, der fehlt wegen gestern?«, fragt Nuri.

»Hm, keine Ahnung«, antworte ich. »Aber egal, jetzt kommt das Wochenende und dann ist die Sache vergessen«, sage ich und bin im Kopf schon beim morgigen Auswärtsspiel. Von dem ich Nuri aber erst einmal nichts erzähle. Irgendwie habe ich den Eindruck, dass das nicht seine Welt ist.

Aber vorher kommt am Nachmittag noch eine Nachricht von Nuri:

Meine Mutter will, dass ich bei Kemal vorbeischaue

Wieso?

Keine Ahnung. Gehört sich, hat sie gemeint

Hast du was von seinen Eiern erzählt?

Nein. Aber dass er heute nicht in der Schule war

Ja gut, Mam würde sich vielleicht genauso verhalten. Aber diesen Blödmann zu Hause besuchen?

Ich komme mit!, schreibe ich schließlich. Nuri wäre bei mir auch mitgekommen.

Super.

Bin in einer halben Stunde bei dir

Auf dem Weg zu Kemal überlegen wir uns, was wir überhaupt sagen sollen. Seine Mutter kennt uns nicht wirklich. Und wir können ja schlecht mit *Wollten nur mal fragen, wie es Kemals Eiern geht* daherkommen.

»Hast du Kemals Handy-Nummer?«, frage ich Nuri.

»Klar, ich habe fast alle Handy-Nummern. Haben wir doch bei der letzten Klassenfahrt ausgetauscht.« Stimmt, da hat er recht.

»Texte ihn doch mal an.«

»Und was soll ich schreiben? Wie geht's deinen Eiern, du Arsch? Vielleicht hat er ja überhaupt keinen Bock, uns zu sehen.«

»Gib mir mal die Nummer.«

Wie geht's? Bin gerade mit Nuri in der Nähe, schreibe ich eine Minute später Kemal.

Dann stehen wir schon vor dem Block, in dem er wohnt. Gar nicht so weit weg von Nuri, die Straßen sehen alle gleich aus. Die Häuserblocks auch. Kemal hat sich noch nicht gemeldet. Aber abbrechen und umdrehen geht auch nicht, meint Nuri. Sonst würde er in einer Stunde wieder hier stehen – mit seiner Mutter.

Wir haben den Finger schon auf dem Klingelknopf, als mein Handy schnarrt und ich Kemals Antwort lese: *Scheiße!*

Meint er sich?, fragen wir uns. Oder findet er es *scheiße*, dass wir in der Nähe sind?

Wir beschließen zu klingeln.

Seine Mutter meldet sich an der Sprechanlage. Wir sagen, dass wir Schulfreunde sind und fragen wollen, wie's Kemal geht.

Das findet sie dann gleich supernett und meint, wir sollen doch raufkommen.

Noch im Treppenhaus sehe ich, dass sich Kemal noch einmal gemeldet hat: *Passt heute nicht.*

Das hätte er uns auch früher durchgeben können … und die Sache wäre erledigt gewesen.

Zu spät, texte ich. *Wir sind schon im Treppenhaus.*

Kemals Mutter, eine kleine Frau, ganz dunkel angezogen mit Kopftuch, steht bereits an der offenen Wohnungstür im zweiten Stock und begrüßt uns wirklich superfreundlich. Keine Spur, dass das gerade nicht passt. Ganz im Gegenteil, Kemal würde sich freuen, er könne sich mit dem verletzten Knie ja kaum bewegen.

Während wir noch im Flur stehen und uns wundern, dass Kemals Beschwerden nach unten zum Knie gewandert sind, taucht er auf. Und sieht tatsächlich nicht gut aus, kommt echt übel daher.

»Du hast Besuch«, sagt seine Mutter.

»Hi, Kemal!«

»Hi. Was geht?«, sagt Kemal mit einem Blick, der Elefanten töten könnte.

»Geht doch ins Wohnzimmer, ich mach euch einen Tee.«

»Das mit dem Tisch gestern …«, eiert Nuri los, nachdem Kemals Mutter in der Küche verschwunden ist, »… du warst ja heute nicht in der Schule …«

»Was ist mit deinem Knie?«, frage ich. »Schlimm?«

»Kommt rein!« Kemal humpelt ins Wohnzimmer und macht die Tür hinter uns zu.

»Ich habe das Tischeck voll in die Eier gekriegt. Tut scheißweh!«, schimpft Kemal jetzt in Richtung Nuri.

»Und das Knie?«

»Das Knie, das Knie …«, blafft Kemal. »Meint ihr, ich habe Lust, meiner Mutter und vielleicht noch meiner Schwester meine blauen Eier zu zeigen?«

Okay, Scheiße! Blaue Eier, wir haben kapiert.

Wir wollen sie dann auch nicht sehen, kippen unseren Tee runter, wünschen gute Besserung und machen uns nach ein paar Minuten wieder vom Acker.

6.

In Svens Treppenhaus ist es wie immer, dunkel und muffig. Ich renne hoch und bin echt gespannt, wie das heute läuft. Wobei ich mir ein Auswärtsspiel anders vorgestellt habe. Wir fahren nur zwanzig Minuten mit der S-Bahn.

Über mir poltert einer die Treppen runter. Wird immer lauter. Jetzt kommt er. Den kenn ich doch. Hamit. Ich habe schon ein Hallo auf den Lippen. Er schaut aber gar nicht her, sieht ziemlich angepisst aus. Ich bleibe stehen, drücke mich an die Wand und kann gerade noch verhindern, dass er mich anrempelt. Dann scheppert die Haustür. Kein Wunder, dass die andauernd kaputt ist.

»Du bleibst hier!«, höre ich Sven. Die Wohnungstür steht halb offen. Wahrscheinlich noch von Hamit. Über mir kläfft ein Hund.

Ich will gerade klopfen, als Sven mich entdeckt. »Komm rein, bin gleich so weit.«

»Du hast mir überhaupt nichts zu sagen«, tönt es jetzt aus dem hinteren Teil der Wohnung. Ist klar, von wem. Mia ist aber nicht zu sehen. Hat bestimmt mit Hamit zu tun.

Hat es auch. »Hast du Hamit noch gesehen?«, fragt Sven, als wir an dem kleinen Wohnzimmer vorbeikommen, wo Ralf sich wieder auf dem Sofa fläzt, als hätte er sich seit dem letzten Mal nicht von der Stelle bewegt. Wirkt ziemlich entspannt. Sieht aus, als würden ihm so Aktionen mit Hamit und Mia am Arsch vorbeigehen.

»Ja, der hätte mich fast umgerannt.«

»Wollte meine Schwester abholen.«

Hört sich jetzt nicht so an, als wäre Hamit der Wunschkandidat.

»Marokkaner«, kommt von Sven noch hinterher.

Was wohl Mias Mutter zu der Sache meint? Sie ist aber auch heute nicht zu sehen.

Egal, vielleicht frage ich Sven mal danach. Genauso wie nach seinem Vater? Aber nicht jetzt. Ich mag es auch nicht so gern, wenn man mich nach meinen Eltern ausfragt.

»Hi, Mia.« Svens Schwester kurvt an mir vorbei. Bauchfrei und in engen Leggins. Sagt keinen Ton. Sieht genervt aus und verschwindet in der Küche.

»Vergiss es! Lass uns gehen, ich muss hier raus.« Sven deutet mit dem Kopf zur Wohnungstür.

»Die ist doch noch viel zu jung!?«, sagt er dann im Treppenhaus.

Keine Ahnung, ob es eine Frage oder eine Feststellung gewesen ist. Aber Mia ist vielleicht gerade mal zwei Jahre jünger als ich. Und Caro ist acht Monate jünger als ich. So riesengroß ist der Abstand nicht und vor allem ist sie nicht *viel* zu jung.

Ich sage aber trotzdem: »Klar, sie ist ja erst in der Siebten.« Denke aber, dass das Problem auch noch woanders liegen könnte. »Was sagt denn deine Mutter dazu?«

»Nicht viel. Kriegt die gar nicht richtig mit.«

»Und dein Vater?« Jetzt ist es mir doch rausgerutscht.

»Hör auf!«, winkt Sven ab. »Den gibts nicht mehr.«

Hab ich mir schon gedacht. Und der ist bestimmt nicht in Kriegshandlungen verstrickt wie bei Nuri.

Ich kann mir schon vorstellen, was da los ist … ähnlich wie bei mir.

Aber dann kommt unser Bus angefahren und wir können sowieso nicht mehr groß weiterreden. Alles schon voll mit FC-Fans. Erinnert mich gleich an das Heimspiel vom letzten Samstag. Laut, heiß, mit Bier und Schweiß in der Luft … geil! Svens Stimmung wird sofort besser. Meine auch.

Als wir am S-Bahnhof ankommen, gibt es nur noch Fußball. Ausschließlich Fans um uns herum. Und ziemlich viel Polizei.

Wir stehen schon an den Gleisen, ich sehe fast nur Fahnen und verdammt viele gegnerische Fans.

»Schwarz-weiße Flachwichser!«, schreit auch schon der erste zu uns rüber.

»Geh scheißen, Schwanzlutscher«, kriegt er als Antwort von einem in einer Wölfe-Jacke neben mir. Gefolgt von einem Dutzend Stinkefinger.

Es geht hin und her. Fuck, das sieht nicht gut aus, gleich gehen sie aufeinander los … nein, gleich gehen *wir* aufeinander los.

Dann kommt auch noch die S-Bahn. Wenn wir da jetzt alle einsteigen, gibt's Mord und Totschlag. BLUTIGES MASSAKER IN DER S-BAHN, sehe ich schon morgen in der Zeitung stehen. Nur lesen werde ich's nicht mehr können. Tote lesen keine Zeitung.

Die Bullen gehen dazwischen! Puh, Schwein gehabt. Polizeihunde bellen und zerren an den Leinen wie wilde Bestien. Sehen aus, als wollten sie jeden in Stücke reißen, der ihnen in die Quere kommt.

Mann, bin ich froh, wir werden aufgeteilt. Drei Wagen für Schwarz-Weiß und drei für Rot-Weiß.

Im Waggon ist es zwar laut, heiß und voll, ist mir aber egal. Die Stimmung ist gut.

Zu früh gefreut! Nach dem Aussteigen sieht es schon wieder ganz anders aus. Auf der dreispurigen Straße, auf der wir unterwegs sind, kommen wir wieder alle zusammen. Sie ist übersät mit gegnerischen Fans und es herrscht bereits ein Radau wie im Fußballstadion.

Letzte Woche beim Heimspiel waren wir zahlenmäßig total überlegen und haben den Ton angegeben. Jetzt sind wir nur noch ein kleines Häufchen. Auch wenn wir bestimmt über hundert Leute sind, gehen wir gnadenlos unter in der Menge von Rot-Weißen, die in der gleichen Richtung unterwegs sind. Da nützt es auch nichts, dass wir lauter werden. Kaum haben wir unser »Oléé … olé, olé, olé« angestimmt, werden wir gnadenlos niedergebrüllt.

Immer wieder schwenken Gruppen zu uns rüber und zeigen uns den Mittelfinger, manche sogar den nackten Arsch.

Viel Polizei ist unterwegs. Noch hat sie die Sache einigermaßen im Griff. Ich habe aber ein scheißblödes Gefühl. Wir haben noch einen ordentlichen Weg vor uns. Das Fußballstadion ist zwar schon in Sichtweite, aber bestimmt noch mehrere Hundert Meter entfernt. Mir ist total heiß, keine Ahnung, ob die Hitze von innen oder von außen kommt.

Den meisten FC-Fans macht unsere gnadenlose Unterzahl offenbar nichts aus. Die stänkern und provozieren die Gegenseite, wann immer es Gelegenheit dazu gibt. Da wird gehetzt, geflucht, Stinkefinger gezeigt … wir hätten nicht den Hauch einer Chance.

Interessiert aber außer mir niemand. Pöbelnd ziehen wir weiter. Immerhin haben wir einen starken Flankenschutz.

Keine Ahnung, ob es Zufall ist, aber an der Außenseite unserer Gruppe befinden sich lauter große Kerle in Wölfe-Jacken und Springerstiefeln, die die meisten der Gegner auf Abstand halten. Zumindest auf ein, zwei Meter.

In der zweiten Reihe kommt schon Sven, der sich bereits ein-, zweimal provozieren ließ und ausgeschert ist. Furchtlos wie der Kampfhund vom Paschke.

Dann wird es laut. Hinter mir höre ich wütendes Geschrei. Jetzt werde ich geschubst. Was geht da ab, verdammt? Bevor ich mich richtig umschauen kann, reißt jemand hinten an meinem Schal, dass ich fast keine Luft mehr bekomme. Verdammt, der lässt nicht locker. Mich zieht es zurück. Ich muss sofort was unternehmen! Mache zwei Schritte nach hinten, damit ich nicht falle, und versuche irgendwie, eine Hand zwischen Hals und Schal zu bekommen. Will mich umdrehen, geht aber nicht, der Zug am Hals wird immer stärker. Mir ist schon ganz schummrig. Verdammte Scheiße. Wo ist Sven? Will nach ihm rufen, kriege aber keinen Ton mehr raus. Mit letzter Kraft wirble ich herum, reiße die Arme hoch, merke, wie meine Faust etwas Hartes trifft ... und mein Daumen plötzlich wehtut.

Der Zug am Schal ist weg, ich huste nur noch, kriege aber wieder Luft und sehe, wie jemand mit einem rot-weißen Trikot auf dem Boden liegt. Das muss der Kerl gewesen sein, der an mir gezerrt hat. Er blutet am Kopf.

Dann nehme ich Sven neben mir wahr, der mir auf die Schulter klopft. »Gut gemacht! Den hast du super umgenietet. Schnell weg von hier. Der fasst so schnell keinen FC-Schal mehr an«, sagt er. »Es gibt nichts Schlimmeres, als dass dir einer den Schal abnimmt. Diese Trophäe hätten die sofort öffentlich angezündet.«

Ich muss immer noch husten, der Daumen tut mir weh. Wir ziehen weiter und die Polizei ist jetzt auch in der Nähe. Ich drehe mich noch einmal um. Der Kerl, der mich gewürgt hat, hat eine Platzwunde und schwankt zu einer Gruppe der Gegner. Selber schuld, geschieht ihm recht!

Wir sind jetzt noch etwa zweihundert Meter vom Stadion entfernt und mindestens fünf weitere FC-Fans haben mir auf die Schulter geklopft, als Sven und ein Dutzend andere rechts in Richtung einer Kneipe einbiegen. »Das muss gefeiert werden«, sagt Sven. »Wir sind noch gut in der Zeit.«

»Wie? Was?«, frage ich, immer noch heiser.

»Na, den ersten Sieg, bevor das Spiel überhaupt begonnen hat.«

Aha. Mir ist zwar nicht nach Feiern zumute, aber mittlerweile fast alles egal.

»Verdammt, ein Inder«, schnauzt ein Glatzkopf mit Wölfe-Jacke neben mir.

Hä, was meint er? Dann sehe ich's. Ein indisches Lokal. TAJ MAHAL steht auf der Tafel über der Eingangstür, mit einem komischen Symbol daneben, das einen Palast oder so was darstellen soll. Aber das ist auch schon das einzig Indische an diesem Haus. Da stand früher bestimmt ZUM OCHSEN oder so was drauf.

»Egal, die werden doch wohl Bier haben«, sagt ein anderer.

Dann höre ich ziemliches Palaver aus dem Eingangsbereich, nachdem die beiden reingegangen sind.

Sie schaffen es aber tatsächlich, mit einigen Flaschen unterm Arm rauszukommen.

Aber dann geht das Geschrei sofort wieder los: »Das ist kein Bier!«

»Klaro, indisches.«

»Indisch?«

»Pfui Teufel!«

Als der erste Wolf gleich wieder alles ausspuckt, sind sich alle einig: Das kann man nicht trinken!

Dann geht das Geschnauze los: »Inder können kein Bier machen!«

»Scheiß Inder!«

»Fehlt nur noch, dass sie uns einen Turban aufsetzen.«

Die Gruppe beschließt weiterzuziehen, um vor dem Stadion noch deutsches Bier zu bekommen.

Hinter mir höre ich jemand in gebrochenem Deutsch schimpfen, dass noch nicht bezahlt wurde. Interessiert aber keine Sau.

Wir werden dann von Ordnern schon vor dem Fußballstadion abgefangen und gleich in einen abgetrennten Gästeblock geleitet. Zum deutschen Bier kommt es nicht mehr. Zumindest nicht vor dem Spiel. Aber gut so, ich hatte schon befürchtet, wir würden irgendwo im gegnerischen Lager landen. Und dass wir kein Bier mehr bekommen haben, macht mir am wenigsten aus.

In unserem Block, in dem wir regelrecht eingesperrt sind, ist die Stimmung jetzt fast so gut wie letzten Samstag. Auch ohne Bier.

Noch.

Drei Reihen vor mir, direkt am Zaun, haben sich die Wölfe gruppiert und toben bereits wie die Wahnsinnigen. Auf dem Spielfeld geht's nämlich schon richtig zur Sache. Der FC kassiert gleich nach ein paar Minuten das erste Tor.

Die Wölfe haben offenbar ein Foul ausgemacht, das dem

Treffer vorausgegangen ist. Ich habe zwar nichts gesehen, aber jetzt ist erst einmal der Schiedsrichter dran. Mit den übelsten Beschimpfungen. Die unterste Reihe rüttelt wie blöd am Zaun. Hoffentlich hält er. Die würden den Schiri lynchen. Ich möchte jetzt lieber nicht in seiner Haut stecken.

Jetzt rasten sie total aus. Die Ersten wollen über den Zaun klettern, werden aber von Ordnern auf der anderen Seite des Zauns zurückgejagt. Ein paar Meter weiter sammeln sich bereits Polizisten.

Aber dann fällt das zweite Gegentor. Und das sieht ein Blinder, dass dieses Mal nicht der Schiedsrichter schuld ist. Ein dunkelhäutiger FC-Spieler will zum eigenen Torwart zurückspielen. Will! Der Ball landet aber zuerst beim Gegenspieler und dann im FC-Tor.

Und jetzt möchte ich kein FC-Spieler sein. Vor allem nicht der Dunkelhäutige, der den Ball fehlgepasst hat. Die Fans kennen keine Gnade mit ihm. Und zwar für den Rest des Spiels.

Es bleibt dann beim Zwei zu null … und bei der schlechten Laune.

Klar finde ich es auch scheiße, dass wir verloren haben. Ich hätte wirklich gerne wie beim letzten Mal einen Sieg gefeiert. Aber die Stimmung ist richtig im Keller. Ich hätte nie gedacht, dass man von einem verlorenen Fußballspiel so runtergezogen werden kann.

Keine Ahnung, wer mir mehr leidtut. Die Fans, bei denen manche kurz vor einem Herzinfarkt sind, oder die Mannschaft, die nach dem Schlusspfiff mit Schmäh-Gesängen in die Umkleidekabine geschickt wird: »Scheißmillionäre. Ihr seid alles Scheißmillionäre …«

Während die gegnerischen Fans jubelnd und fahnenschwenkend die Ränge verlassen, fühlt sich mein Schal nicht mehr so leicht an wie beim letzten Mal. Da ist es mir fast so vorgekommen, als hätte er mir Flügel verliehen. Jetzt ist er schwer und zerrt nicht nur am Hals, sondern auch an der Stimmung.

Als wir aus dem Fußballstadion kommen, wird gleich der erste Kiosk angesteuert, der auf dem Weg zur S-Bahn liegt. Der ganze Frust und Ärger muss runtergespült werden.

Mir bleibt nichts anderes übrig, ich mache mit. Ich bin heiser und habe Durst, merke aber sofort, dass die Wirkung des Biers nicht lange auf sich warten lässt.

Mit einer weiteren Flasche ziehen wir weiter. Ich rühre mein Bier nicht an, es genügt mir, dass ich wie alle anderen eins in der Hand habe.

Sven ist der Erste, der seine Wegzehrung leer getrunken hat, die Flasche zur Seite wirft und Nachschub verlangt. Obwohl er schon mindestens zwei Bier Vorsprung hat. Eigentlich sollte er genug haben, ich gebe ihm aber meine Flasche. Bin froh, dass ich sie los bin.

Ich weiß aber nicht, ob es eine gute Idee gewesen ist. Sven ist schon ziemlich dicht, hört aber trotzdem nicht auf, über den *Ausländer* zu schimpfen, der das Tor verschuldet hat.

Und dann kommt ihm auch noch ein anderer *Ausländer* in die Quere. Es ist einer von dem indischen Lokal, an dem wir gerade noch einmal vorbeikommen. Er spricht ausgerechnet Sven auf unsere unbezahlte Zeche an.

Fuck!, denke ich nur noch.

»Verpiss dich!« Sven und ein paar andere diskutieren nicht mit dem Kerl, der sein Geld will. Lassen ihn nicht einmal ausreden. Sie beschimpfen ihn und stoßen ihn zur Seite, dass er stolpert und auf der Straße landet. Ich kann gar nicht hinsehen, fast wäre er mit dem Kopf an der Bordsteinkante gelandet.

Sieht aber trotzdem nicht gut aus, er blutet.

Weitere Männer kommen aus dem Lokal gerannt. Es gibt erst ein großes Geschrei, dann eine Rangelei.

Ein anderer Inder landet auf dem Boden. Er hat eine weiße Jacke an, sieht nach dem Koch aus.

»Mach, dass du wieder in deine Küche kommst!«, bekommt er zu hören. Und ... verdammter Fuck ... der liegt am Boden, will sich gerade wieder aufrappeln, bekommt aber einen Tritt in die Seite. Ich kann's nicht glauben ... Habe ich ein Knacken gehört? ... Waren das seine Rippen?

Dann hat Sven offensichtlich genug, er geht einfach weiter. Schaut kurz auf die leere Bierflasche in seiner Hand, schleudert sie krachend durch eine Scheibe des Lokals und schreit: »Hier habt ihr euer scheiß Bier zurück!«

Obwohl das richtig gescheppert hat, ziehen wir weiter, als wäre nichts geschehen. Ich höre noch lautes Palaver hinter mir, das ich nicht verstehe, drehe mich kurz um und sehe, dass zum Glück der Koch wieder halbwegs steht. Gekrümmt, er fasst sich an die Rippen. Wundert mich nicht.

Wir sind bereits wieder im Strom der vielen anderen Fans untergetaucht, als zwei Polizeifahrzeuge mit Blaulichtern an uns vorbeirasen. Sonnenklar, wo die hinfahren.

In der S-Bahn interessiert der Vorfall niemand mehr. Sven hängt in seinem Sitz und schläft. An seinem Oberarm sehe ich ein neues Tattoo. Eine Rose. Passt irgendwie gar nicht zu dem Sven, den ich heute kennengelernt habe. Während sich die anderen immer noch mit der Niederlage beschäftigen und wie man schnell wieder an Bier kommen könnte.

Mann, bin ich froh, dass wir endlich in unsere S-Bahn-Station einfahren. Ich habe immer noch das Klirren der Scheibe im Kopf, will nur noch raus und peile schon mal die Ausstiegstür an.

Hinter mir höre ich Sven, er ist wieder wach. Sie wollen den nächsten Kiosk ansteuern. War klar. Ohne mich. Mir reicht's.

Hoffentlich geht die Tür bald auf. Die ersten FC-Fans sind jetzt neben mir und haben nur ein Thema – die Niederlage. Für die war die Aktion beim Inder wahrscheinlich so was wie eine kleine Rangelei, ein Kinderstreich.

Oder mache ich mir zu viel Stress? Die Inder hätten sich doch denken können, dass sich der Ärger nicht lohnt, wegen ein paar Flaschen Bier. Ich höre Caro schon wieder sagen: *Du bist nicht bad genug.*

Muss ich cooler werden?

Vielleicht ... vielleicht auch nicht!? Ist mir jetzt alles egal, raus und heim.

Hmm ... oder?

Mam wird merken, dass etwas nicht stimmt. Das checkt sie immer. Da hat sie ganz feine Antennen. Und dann wird sie mich mit Fragen löchern.

Kaum bin ich auf der Straße, kommt schon der Bus.

Gut, schnell rein. Mit einer Handvoll weiterer FC-Fans, die mittlerweile eingetrudelt sind. Aber nichts zu hören. Kein »OLÉÉ ... OLÉ, OLÉ, OLÉ!«. Nur gefrustete Mienen und miese Stimmung.

Als die Stuttgarter Straße durchgesagt wird, beschließe ich auszusteigen. Ich gehe noch bei Paps vorbei. Auch wenn's Mam nicht passen wird. Aber immer noch besser als gleich heim.

»Manu!?« Paps geht sofort ran, als ich auf dem Weg zu ihm anrufe. Ich zögere kurz und weiß nicht so recht, wie ich anfangen soll … »Manuel, ich versteh dich schlecht.«

Wundert mich nicht, bei ihm ist ziemlicher Lärm im Hintergrund. Hört sich an, als wäre er wieder in seiner Fußballkneipe. Ich habe gehofft, dass er vielleicht zu Hause ist.

»Schlechtes Netz, alles abgehackt«, sage ich, beende die Verbindung und kehre um.

Bis zu Paps' Kneipe wären es nur noch ein paar Meter gewesen. Ich habe aber keinen Bock, da jetzt reinzugehen und noch einmal Bier zu trinken. Vielleicht hätte ich ihm unter vier Augen erzählt, was passiert ist, aber nicht dadrin. Kann mich ja später noch einmal melden.

Im Schaufenster des Tattoo-Shops, an dem ich vorbeikomme, schaue ich mir kurz die vielen Motive an. Muss Lisa mal fragen, ob das hier gewesen ist, wo aus ihrem *Finn* ein *Finnland* wurde.

Caro hat auch schon angedeutet, dass sie sich vielleicht bald eins stechen lassen will. »Wird nicht verraten«, hat sie gemeint, als ich sie gefragt habe, was es geben und wo es hinkommen soll.

Ich sehe schon den Bus wieder anrollen und stelle mir in meinen kühnsten Träumen gerade vor, wie ich mir mit Caro gemeinsam ein Tattoo verpassen lasse …

NEIN! Verdammt, falsche Tür. Schnell weg ... Mist, zu spät! »Manu«, höre ich schon, als mir ein Pulk FC-Fans entgegenströmt. Inklusive Sven, mit einer Bierflasche in der Hand.

»Da bisu jaa. Dachte schooon … dassuu …«

Auweia, hackedicht. Und der will noch nicht einmal heim!? Ist klar, wo das jetzt hingeht.

Sven legt sofort den Arm um meine Schulter und schleppt mich mit. Nach ein paar Metern ist es dann umgekehrt, er lässt sich von mir mitschleppen.

Und weil ich Caro noch im Kopf und praktisch sowieso keine andere Wahl habe, denke ich, vielleicht ist es gar nicht so schlecht, dass ich noch aufgetaucht bin. Und es nicht so aussieht, als hätte ich mich verdrückt. So eine Abseil-Aktion könnte sich schnell zu Caro rumsprechen. Wäre keine gute Voraussetzung für ein gemeinsames Tattoo.

Man merkt es gleich beim Reinkommen – kein Vergleich zu letztem Samstag. Die Niederlage drückt den Leuten auch im *Winnie* auf die Stimmung.

Fast wie auf einer Beerdigung. Ein paar reden über das Spiel, andere über die Tore oder über Gegner und Schiedsrichter. Aber keiner über den Vorfall am indischen Lokal. Ja gut, haben nicht alle mitgekriegt, und der Hauptübeltäter hängt auf einem der wenigen Sitzplätze und ist schon wieder außer Gefecht. Die Wölfe fehlen auch noch.

»Scheiße!«, sagt jetzt Alex, der neben mir aufgetaucht ist.

»Finde ich auch.« Und bin froh, dass das endlich mal einer anspricht.

Wir hätten die paar Biere beim Inder zahlen sollen, will ich gerade sagen, als mir Alex zuvorkommt. »Das ganze Wochenende ist im Arsch«, sagt er. »Wenn ich nach einer Niederlage mit meinem FC-Schal ins Jugendzentrum komme, bin ich der Loser und kann mir was anhören.«

Ja gut, gibt Schlimmeres, dann lass halt den Schal weg, denke ich.

»Und alle glotzen auf mein Auge …«, kommt aber dann hinterher.

Oje, verstehe. Und muss ihm recht geben, ich habe auch schon wieder hingeschaut. Letzten Samstag nach dem Heimsieg hat er gestrahlt, da ist mir das überhaupt nicht aufgefallen. Aber jetzt tut mir Alex echt leid. Mit so einem halb offenen, hängenden Auge hätte ich bei Caro nicht den Hauch einer Chance.

Ich will gerade so etwas wie *Fällt doch kaum auf* sagen – was Besseres ist mir nicht eingefallen –, als die Eingangstür aufgeht, draußen flackernde Blaulichter zu sehen sind und Bullen reinkommen.

Sofort wird es ruhig, die Köpfe drehen sich zur Tür. Drei Polizisten bahnen sich den Weg durchs Lokal. Zögernd gehen die Leute zur Seite.

Die sehen sich um. Die suchen jemand.

Einige zucken mit der Schulter. Keiner weiß, was los ist.

Langsam wird's unruhig. In mir drin auch.

Ein paar FC-Fans gehen Richtung Ausgang. Andere machen die Bullen blöd an. Draußen ist ein Hund zu hören. Bestimmt ein Polizeihund.

Stocksteif stehe ich etwas abseits an der Wand. Alex ist neben mir. Was gibt das? Die Polizisten sagen nichts, kommen aber genau auf mich zu. Ich kann mir denken, was da los ist. Macht die Sache aber nicht besser. Wahrscheinlich hat der Inder Anzeige erstattet. Ist doch klar, Zeche nicht bezahlt, Randale, gebrochene Rippe oder so was und eine kaputte Scheibe.

Gleich sind sie bei mir. Einer schaut mich schon an. Jetzt bin ich fällig.

Puh, die gehen an mir vorbei.

Und dann ist der ganze Spuk wieder vorbei, die Bullen verschwunden und das halbe Lokal leer. Die haben nicht gefunden, was oder wen sie gesucht haben. Vielleicht haben ihnen die Inder nur eine vage Personenbeschreibung mit auf den Weg gegeben.

Keine Ahnung, bin aber echt froh, dass sie an mir vorbeigegangen sind und nicht gesagt haben: *Da haben wir schon den Ersten. Mitkommen, Bürschlein!* oder so ähnlich. Und Mam hätte mich dann auf der Polizeiwache abholen können.

Viele FC-Fans sind gegangen. Ich auch, meine Schockstarre hat sich wieder einigermaßen gelöst. Bin einfach raus. Nicht umgedreht, nicht nach Sven geschaut … Nichts, nur raus!

Mein Puls hämmert aber immer noch, obwohl ich schon seit fünf Minuten im Bus sitze. Das ist gerade schlimmer gewesen als die Pillepalle-Aktion daheim, wo die Polizei wegen den Schneiders vor der Tür gestanden hat. Jetzt ist der Anlass schlimmer. Ich habe den Koch zwar wieder stehen sehen, aber … keine Ahnung, da ist bestimmt was gebrochen.

»Die haben die Wölfe gesucht«, höre ich im Bus einen sagen.

Hm, vielleicht … wer weiß?

7.

Ich versuche gleich, den Schal loszuwerden, als ich in die Wohnung schleiche. Klappt aber nicht, Mam hat mich schon erspäht. Sie sitzt in der offenen Küche, hat eine Zeitschrift vor sich auf dem Tisch und mustert mich.

»Geht's dir nicht gut? Du siehst schlecht aus.«

Ich habe es gewusst! Nicht die geringste Chance, unter ihrem Radar durchzukommen. Ich weiß nicht, warum Mam immer sofort erkennt, wenn etwas nicht stimmt. Aber dieses Mal ist es wahrscheinlich nicht schwer gewesen. Sieht man mir bestimmt aus drei Kilometer Entfernung an. Außerdem fühle ich mich auch so.

»War was beim Fußball?«

War klar, Mam stochert.

»Verloren!«, sage ich schließlich. Ich muss ihr etwas antworten, sonst bohrt sie weiter. Bin mir aber nicht sicher, ob das schon reicht. So leicht lässt sich Mam nicht austricksen.

»Verloren!? Dieser blöde Fußball! Werde bloß nicht wie dein Vater!«

Hä? Was soll das jetzt wieder? Was hat Paps damit zu tun? Ich hätte am liebsten gefragt, wie mein Vater ihrer Meinung nach ist. Und was an ihm nicht stimmt.

Würde aber sowieso nichts bringen. Vor zwei Wochen habe ich nämlich einen Vorstoß gewagt. Gut, ist vielleicht nicht der optimale Moment gewesen. Mam war im Stress und hat rumgemeckert, weil ich immer so viel vor dem Bildschirm hocke. Hätte ich früher auch nicht gemacht und so ein Blabla.

»Früher, früher ... Warum ist Paps eigentlich ausgezogen?«, habe ich gefragt.

Dann hat sie mich ein paar Sekunden angeschaut und gemeint: »Ach, Manu, ich erzähl's dir ... aber ich bin noch nicht so weit.«

Aber jetzt ist sie es, die damit angefangen hat. Vielleicht ist sie ja heute so weit. »Warum soll ich nicht wie Paps werden?«

Mam schaut mich an. Aber nur kurz. Sie sieht zwar immer noch zu mir, aber jetzt durch mich durch, ihr Blick geht in die Ferne.

»Ach, Manuel ...«, kommt nach einer gefühlten Ewigkeit, begleitet von einem Seufzer.

Oje, sie nennt mich Manuel. Kein gutes Zeichen, wenn sie nicht Manu zu mir sagt. Ihre Augen werden feucht. Sie ist immer noch nicht so weit. Hätte ich bloß meinen Mund gehalten.

»Wieso habt ihr mich eigentlich Manuel getauft?«, frage ich dann. Wenn wir schon beim Manuel sind, versuche ich gleich das Thema zu wechseln. Das wollte ich schon immer wissen. Ich kenne keinen anderen weit und breit, der Manuel heißt. Total oldschool.

Auch nicht viel besser. Ihre Augen werden feuchter statt trockener.

Jetzt schnieft sie, atmet tief durch, schaut mich noch einmal traurig an ... und sagt schließlich: »Er hat eine rote Linie überschritten.«

Mams Stimme ist brüchig geworden.

Rote Linie? Was für eine rote Linie? So wie ich, wenn ich unter der Woche nach 23 Uhr heimkomme?

Ich frage aber lieber nicht nach. Nicht jetzt. Sie tut mir leid.

»Er hat mich geschlagen«, kommt leise hinterher.

Was?

Ich schaue sie an, aber sie sieht mich nicht. Ihre Augen sind immer noch woanders. Jetzt traue ich mich noch weniger, genauer nachzufragen.

Schließlich wird Mams Blick und Stimme wieder klarer, dann sagt sie: »Manuel hieß der Zwillingsbruder deines Vaters. Ich dachte, das hätten wir dir gesagt.«

»Nein, habt ihr nicht!«

Wieso hat Paps Mam geschlagen?

»Er starb kurz nach der Geburt. Vielleicht hast du's auch wieder vergessen.«

Was? Wer? Ach so, der andere Manuel. Ich habe zwar mal irgendwas mitbekommen, dass Paps noch einen Bruder gehabt hat, der schon bald gestorben ist, kann mich aber nicht daran erinnern, dass der auch Manuel hieß.

»Schlage vor, wir vertagen das Thema«, sagt Mam jetzt. »Du hast doch bestimmt Hunger?«

Gut, dass sie das Thema wechselt.

»Im Moment nicht«, sage ich. Stimmt zwar nicht wirklich, bin aber froh, dass ich mich in mein Zimmer verziehen kann.

Irgendwann komme ich wieder herausgeschlichen, weil mir tatsächlich der Magen knurrt. Mam sitzt am Tisch und blättert in ihrer Zeitschrift. Offenbar hat sie sich wieder einigermaßen beruhigt.

Im Gegensatz zu mir. Ich mache mir zwar zwei Brote, aber wenn ich an den Nachmittag zurückdenke, könnte mir der Appetit gleich wieder vergehen.

»Was war denn gestern beim Fußballspiel los?«, höre ich als Erstes von Mam, als ich zum Frühstück angeschlurft komme. RANDALIERENDE FANS steht da. Sie hat die Sonntagszeitung in der Hand, ihre Lesebrille auf der Nase und schaut nicht einmal hoch. »Hast du da was mitbekommen?«

Mist, ich dachte, das wäre durch, zumindest bei Mam. Die Nacht war scheiße genug gewesen. Mindestens drei Mal bin ich aufgewacht, weil mir die Inder, die Bullen und Paps durch den Kopf gegangen sind. Jedes Mal kaum wieder eingeschlafen. Und jetzt steht das auch noch in der Zeitung.

»Nö, keine Ahnung, der FC hat verloren«, sage ich, drehe mich weg und mache am Toaster rum, damit sie mir nicht gleich wieder alles an der Nasenspitze ansieht.

Am Tisch bin ich dann fällig, Mam mustert mich mit leicht zusammengekniffenen Augen. Den Blick kenne ich. Ich weiß, was jetzt kommt: Kreuzverhör! Und ahne, was da alles in der Sonntagszeitung steht.

»Du siehst schlecht aus!«, sagt sie dann aber zum Glück und ich kann erst einmal aufatmen. Nicht, weil ich schlecht aussehe und sie wahrscheinlich sogar recht hat, sondern weil es jetzt für Mam ein wichtigeres Thema gibt. Mich.

Ich esse schnell ein paar Bissen und jammere rum, dass es mir tatsächlich nicht so gut geht … und kann mich wieder in mein Zimmer verdrücken.

Dann tue ich es doch!

Wollte es eigentlich abhaken, aber dann setze ich mich an

den Rechner, google *Auswärtsspiel FC*. Und tatsächlich, von randalierenden FC-Fans nach dem Spiel ist zu lesen. Von Scheiben, die zu Bruch gegangen sind, und sogar von Verletzten.

Verdammter Fuck!

Wer läuft mir in der Schule als Erster über den Weg? War ja klar, Kemal. Als würde mir heute nicht schon genug durch den Kopf gehen. Jetzt kommen auch noch seine blauen Eier dazu. Er steht etwas abseits von den anderen Löwen, die wie jeden Montagmorgen nur ein Gesprächsthema haben.

»Wie geht's deinen … äh … deinem Knie?«, frage ich. Und ich finde, das ist schwer in Ordnung von mir.

»Lass mich bloß in Ruhe!«, blafft Kemal zurück und schaut sich um. Er will bestimmt auch hier seine Nüsse nicht groß zum Thema machen. Kann ich verstehen. Ist mir recht. Und Nuri wahrscheinlich auch. Ich sehe ihn schon neben seinem Stuhl stehen.

Es hört sich aber trotzdem so an, als wäre die Sache für Kemal noch nicht durch. Da heißt es: Aufpassen.

Sven dagegen hat überhaupt keinen Stress. Es wird über die Niederlage vom FC und wie sie zustande gekommen ist, geredet. Sven mittendrin dabei, als wäre nichts anderes vorgefallen.

»Hast du es auch gelesen?«, frage ich ihn, als wir dann auf dem Weg in die große Pause sind.

»Was?«

»Von den randalierenden FC-Fans. Die Aktion beim Inder.«

»Was für eine Aktion? Hatte vielleicht ein Bierchen zu viel am Samstag. Und am Sonntag eine ziemlich dicke Birne.«

Hä, kann es sein, dass Sven von nichts mehr weiß?

Ja gut, er hat tatsächlich einiges intus gehabt. Ich wäre tot gewesen.

Aber toll, der Hauptübeltäter kann sich an nichts mehr erinnern und ich mach mir ins Hemd, denke ich gerade, als auch noch Caro anspaziert kommt.

Super, passt ja wunderbar. Genau so sollte es nicht mehr laufen. Wie früher. Hier die Angst-Antilope und dort der obercoole Bad Boy. Toll.

Caro sieht ziemlich gestresst aus und spuckt es auch gleich aus: »Ich hasse die Shorty!«

»Wissen wir!«, sagt Sven.

Und ich weiß etwas anderes. Ein kurzer Blick genügt, um zu sehen, dass Caro auch noch verdammt super aussieht, wenn sie angefressen ist.

Aber Sven hat recht, wir wissen tatsächlich, dass Caro ein Problem mit Englisch hat. Damit kommt sie mindestens einmal pro Woche daher. Und grundsätzlich immer vor jedem Englischtest. Der steht nämlich in der nächsten Stunde bei Frau Kurz, unserer Englischlehrerin, an.

»Ich hasse sie auch«, sagt jetzt Nuri, der neben mir wie ein Phantom auftaucht. Wo kommt der auf einmal her? Sven und Caro sind mittlerweile zwei Meter vor uns und unterhalten sich angeregt. Keine Ahnung, was die Wichtiges zu besprechen haben.

»Wieso du?«, frage ich Nuri. Englisch geht den meisten in der Klasse am Arsch vorbei, weil die Note für den Hauptschulabschluss nicht wichtig ist. Nur wer in die Zehnte und die Mittlere Reife will, braucht das.

»Man kann ja nie wissen!«

Was kann man nie wissen?, will ich Nuri noch fragen. Bin dann aber ruhig, weil seit dem Stichwort *Arsch* mein Blick an Caros Po klebt, der immer noch vor mir herwackelt und mich mehr interessiert.

Caros Hinterteil geht mir dann auch nach dem Englischtest immer noch nicht aus dem Kopf.

Und vor lauter Nachdenken über Caros Arsch habe ich das Wichtigste vergeigt, verdammter Mist. Ich hätte sie gleich fragen sollen, wie's gelaufen ist. Habe aber rumgetrödelt und Caro steht bestimmt schon an der Bushaltestelle. Aber weil sie sofort verschwunden ist, denke ich, nicht so gut. Ich wünsche ihr zwar keine schlechte Note, hoffe aber, dass wir vielleicht noch einmal zusammen Englisch lernen.

Haben wir schon einmal gemacht. Das war aber nicht besonders ergiebig. In keinerlei Hinsicht. Da wäre dieses Mal vielleicht mehr drin. Und dafür wäre bei Caro eine schlechte Note schon hilfreich. Zumal ich weiß, dass sie zu Hause Stress bekommt, wenn sie das mit der Zehnten verkackt.

Hat sich aber jetzt erst einmal erledigt.

Und Sven, der gerade neben mir auftaucht, brauche ich auch nicht fragen, wie's gelaufen ist. Dem ist das sowieso egal. Sieht man ihm auch an – cool wie immer. Außerdem höre ich gleich, was ihn mehr beschäftigt: »Morgen Nachmittag müssen wir zu *Winnie*!«

Hä? Wieso müssen wir morgen zu *Winnie*? Ich muss morgen garantiert nicht zu *Winnie*.

»Zu *Winnie*?«, frage ich dann aber trotzdem, weil ich merke, dass Sven auf eine Antwort wartet.

»Wir treffen uns dort immer dienstags. Da gibt's so was wie einen Stammtisch.«

Hä? Mein Opa, Paps' Vater, geht immer zu einem Stammtisch. Da spielen sie Karten.

»Das ist jetzt superwichtig! Wir dürfen die Mannschaft nicht im Stich lassen. Erst recht nicht, wenn's um den Abstieg geht und nach einer Niederlage … Aber wem sag ich das.«

Ach so. Kann mir schon denken, was er meint. Die Kino-Geschichte – *meine* Niederlage, *mein* Abstieg. Und er hat ja recht. »Ja gut«, kommt mir deshalb dann doch über die Lippen.

Richtig überzeugend hat es sich wahrscheinlich nicht angehört. Deshalb kommt Sven noch einmal mit dem hinterher, was im Fußballstadion auch schon gesungen wurde: *You'll never walk alone!*

8.

Ist das nicht …!?

Ich stoppe kurz, als ich in der Berliner Straße am falschen Hauseingang vorbeikomme. Da war doch jemand. Ist zwar nicht besonders gut zu sehen am Ende des dunklen Durchgangs, aber jetzt erkenne ich sie. Eindeutig. Mia. Und Hamit.

Der Typ hat dieses Mal etwas Besseres zu tun, als irgendwelche Leute mit *Was geht?* anzuquatschen. Die beiden sind ziemlich eng zusammen. *Ich* könnte ja dieses Mal reinspazieren und *Was geht?* fragen.

Ich gehe aber weiter. Mir würde es auch nicht gefallen, wenn ich da mit Caro stehen und jemand rumschleichen würde.

Als ich bei Sven die Treppen hochstiefle, spukt mir Hamit immer noch im Kopf herum. Oder vielmehr die Vorstellung, dass ich auch einmal irgendwo mit Caro so rumhängen könnte. In Gedanken gehe ich schon mal die Stellen durch, wo das ungestört möglich wäre. Da fallen mir auf Anhieb gar nicht so viele ein, wo nicht jederzeit so Agenten wie Kemal um die Ecke kommen könnten. Hm? Hinterm Supermarkt vielleicht, neben der Schule. Da stehen viele Lkws rum …

»Hi, komm rein, bin gleich so weit«, empfängt mich Sven. »Wo ist dein Schal?«

Schal? Wieso Schal? »Ich dachte, den braucht man nur, wenn …«

»Warte, ich hol dir einen.«

Sven scheint ein ganzes Arsenal an Schals zu haben.

In der Wohnung sieht es aus, als wäre heute niemand da. Zumindest nicht Ralf. Svens Mutter ist ja ohnehin nie da, und wo Mia ist, weiß ich ja. Gar nicht so weit weg.

»Hast du Mia gesehen?«, fragt dann Sven auch gleich, als wir auf die Berliner Straße treten.

Und ich muss mich verdammt beherrschen, nicht gleich zum Eingang vom Nachbarwohnblock zu schauen. Hoffentlich gehen wir nicht aus irgendeinem Grund in diese Richtung. Ich habe nämlich keinen Bock auf den Stress, wenn Sven Mia mit Hamit rumknutschen sieht. Er würde ausrasten. Und Hamit wahrscheinlich auch. Und Mia sowieso …

»Äh, nein«, sage ich und steure gleich die Bushaltestelle an. Ist jetzt nicht unbedingt gelogen. Ich könnte ja tatsächlich an den beiden vorbeigelatscht sein, ohne etwas bemerkt zu haben. War ja auch zuerst so. Oder vielleicht kommt Svens Mutter demnächst daher und entdeckt die beiden. Dann kann die sich darum kümmern.

Ich will gerade nach seiner Mutter fragen, als mir Sven zuvorkommt: »Sobald ich mit der Schule fertig bin, werde ich Geld verdienen. Und in eineinhalb Jahren, wenn ich achtzehn bin, suche ich mir mit Mia eine andere Wohnung. In einer anderen Gegend.«

»Und deine Mutter?«

»Welche Mutter?«

Hä? Ach so, ich glaube, ich weiß, was er meint. Mia ist nicht die einzige Baustelle.

Komme aber nicht mehr dazu, nachzuhaken. Wir sind an der Bushaltestelle, wo auch schon weitere FC-Fans eintrudeln.

Die zwar nicht so unterwegs sind wie zu den Spielen, mit Tröten, Fahnen und dem ganzen Zeugs, aber mit Schal oder Trikot klar zu erkennen.

Im *Winnie* ist es dann auch nicht ganz so voll wie samstags, aber die Luft ist so schlecht wie immer.

Also eher nichts für Mädchen, denke ich. Und zwar deshalb, weil heute tatsächlich welche da sind. Nicht viele, auch nicht unserer Altersklasse, aber immerhin. Da haben bestimmt ein paar FC-Fans ihre Bräute mitgebracht.

Keine Ahnung, ob ich zu lange zu den Mädchen geschaut habe, jedenfalls sagt Sven: »Caro kommt vielleicht auch noch vorbei.«

Hä, was? Habe ich richtig gehört?

»Caro!?«

»Ich habe ihr erzählt, dass wir heute hier sind.«

Verstehe, das war's also, was die beiden heute Morgen ausgeheckt haben, als sie vor mir hergegangen sind.

Und wieso sagt er mir das erst jetzt?

»Sie hat gemeint, sie überlegt es sich.«

»Du hast ihr schon gesagt, dass das eine Fußballkneipe ist?«

»Das weiß sie!«

»Das weiß sie?«

Wird ja immer besser. Der Einzige, der hier nichts weiß, bin offenbar ich.

»Ja, sie war schon einmal hier. Ich glaube, ihr gefällt's ganz gut.«

Hä? Caro war schon einmal hier? Und ihr gefällt's ganz gut? Kann ich mir nicht vorstellen, sie hat's normalerweise nicht so mit Fußball.

Aber so langsam checke ich die Sache. Schätze mal, dass sie mit Sven hier gewesen ist, der sie mitgenommen hat. Und Caro mag zwar keinen Fußball, aber vielleicht solche Typen, von denen sie hier nicht behaupten kann, dass sie nicht *bad* genug wären. Welche wie Sven oder die Wölfe.

»Hast du ihr erzählt, dass ich auch dabei bin?«

»Klar!«

So klar ist das nicht.

An der Theke werden wir, oder besser gesagt Sven, gleich von allen möglichen Leuten begrüßt.

Es ist schon ordentlich Betrieb. Und es wird immer voller. Einige warten auf ihr Bier, bekommen aber noch keins ab. Der Kellner wandert mit einem Tablett voller Biergläser in die linke Ecke, wo ein paar Tische zusammengestellt sind und viele Wölfe sitzen oder rumstehen.

Genau diesen Bereich steuern wir dann auch an, schnappen uns zwei Stühle und platzieren uns in der zweiten Reihe.

Keine Ahnung, was das gibt. Ich lass mich überraschen. Hier ist es jedenfalls ruhiger als im restlichen Lokal. Obwohl das alles Leute sind, die eher Radau machen, als still zu sein. Die meisten stecken in Wölfe-Kutten.

Es kommt mir so vor, als würden wir auf etwas warten. Und nicht nur aufs Bier. Während im anderen Teil vom *Winnie* die Leute rumhängen wie in einer normalen Kneipe.

Der Typ neben mir, bestimmt schon über vierzig, wird unruhig und versucht verzweifelt eine Packung Zigaretten aus seiner Wölfe-Jacke zu zerren. Das Teil spannt aber an allen Ecken und Enden. Da hat er vielleicht vor zehn Jahren reingepasst, als er noch nicht so einen fetten Kessel hatte. Jetzt entdeckt er einen anderen Raucher, der den Ausgang anpeilt, steht auf und folgt ihm. Sven hat's auch mitbekommen. »Olaf fehlt noch, ich geh mal eine qualmen«, sagt er zu mir, geht den beiden hinterher und ruft: »Warte, Lars!«

Aha, verstehe, wir warten auf Olaf.

Oder vielleicht auch noch auf Caro. Sie geht mir jedenfalls nicht mehr aus dem Kopf. Kann mir allerdings beim besten Willen nicht vorstellen, dass die hier alleine noch aufkreuzt.

Ich nehme gerade zwei Bier vom Tablett, das mir hingehalten wird, als mir hinten jemand so auf die Schulter klopft, dass gleich etwas aus den Gläsern schwappt und auf meinen Vordermann spritzt. Der dreht sich um, hat schon den Mund offen und will losschnauzen … als wir beide hochschauen und Olaf als den Schulterklopfer ausmachen. Er schlängelt sich an uns vorbei und steuert den einzigen freien Stuhl an der Stirnseite der Tische an. Sven und die anderen Raucher hat er auch gleich mitgebracht. Mehr als zwei, drei Züge hat das nicht gegeben.

»Super!«, sagt Sven, als ich ihm ein Bier weiterreiche, legt aber gleich den Finger an die Lippen und deutet mit dem Kopf zu Olaf. Der schlägt mit dem Flaschenöffner seines Schlüsselbunds an ein Bierglas und sofort kehrt Ruhe ein. Dann hält er es hoch und sagt: »Auf den FC!«

Der Kerl macht wirklich was her. Zwei-Meter-Gigant in Springerstiefeln und mit einer richtig tiefen Stimme … wenn er nicht gerade heiser ist.

Der hat die Leute hier besser im Griff als der Fitzke und Lochi zusammen.

»Fängt immer so an«, sagt Sven.

Was fängt immer so an? Komme mir vor wie bei der Bundeswehr kurz vor dem Antreten. Uniformiert sind ja die meisten mit ihren Jacken bereits. Aber egal, bin gespannt, wie's weitergeht.

»Am Samstag müssen drei Punkte her!«, sagt jetzt der dicke Lars mit der Zwangsjacke in die Runde, kaum dass die Leute ihre Biergläser wieder abgestellt haben.

»Aber vorher müssen ein paar Spieler endlich den Finger aus dem Arsch nehmen«, tönt es von der gegenüberliegenden Seite.

Dann wird's richtig laut. Der Arschfinger ist bei den meisten gut angekommen. Hört sich nach viel Zustimmung an.

»Vor allem die schwarzen Finger …«, kommt von Lars gleich noch hinterher.

»Vielleicht sollten wir selber mal wieder den Finger aus dem Arsch nehmen«, sagt jetzt Olaf, nachdem er zuvor wieder an sein Bierglas geschlagen und für Ruhe gesorgt hat. »Wie können wir die Mannschaft unterstützen? Die braucht uns jetzt. Wir haben schon länger keine Aktion mehr gemacht!«

Was für eine Aktion, frage ich mich. Sollen wir Fußballschuhe anziehen, mitkicken und ein paar Tore schießen? Oder gegnerische Fans und den Schiedsrichter vermöbeln?

»Wir haben zu viele Ausländer in der Mannschaft!«, grätscht Lars neben mir schon wieder dazwischen. Er gibt keine Ruhe mit dem Thema. »Die dann auch noch Eigentore schießen.«

»Da hat er recht!«

»Da müssen mehr Deutsche ran.«

»Jawoll!«

»Stimmt!«

… tönt es aus allen Ecken.

Olaf schlägt an sein Bierglas. »Ihr habt ja recht! Aber die Ausländerregel gibt es leider seit Jahren nicht mehr!«

»Scheiße!«

»Die muss wieder her!«

»Aber echt!«

»Mooooment«, sagt Olaf dann, steht auf und schaut sich um, weil er offenbar jemand sucht. »Ich habe eine Idee!« Dann ruft er »Wolli!« in Richtung Theke.

Dort dreht sich tatsächlich ein kleinerer Mann um, der sich gerade ein Bier holen will.

»Wolli, wir brauchen am Samstag ein großes Banner für den Stadionzaun. AUSLÄNDERREGEL MUSS WIEDER HER!, soll draufstehen. Geht das klar?«

»Geht klar!«, kommt von Wolli zurück, der inzwischen mit einem Bier in der Hand wieder hertrottet.

»Aber dieses Mal korrekt«, setzt Olaf nach. »Nicht, dass da wieder fünf Rechtschreibfehler drin sind wie beim letzten Mal. Lass dir das genau aufschreiben.«

Sven muss mir angesehen haben, dass ich das mit den ausländischen Spielern nicht so richtig gecheckt habe. »Früher hat es eine Ausländerregel gegeben. Da waren pro Mannschaft nur drei Spieler erlaubt, die keinen deutschen Pass hatten«, erklärt er mir.

»Einer würde vollkommen reichen«, mischt sich mein dicker Nachbar wieder ein, der unser Gespräch offenbar mitbekommen hat. »Ach was, wir brauchen überhaupt keinen.«

»Komm, wir gehen eine rauchen, Lars«, schlägt ihm Sven dann vor und zwinkert mir zu.

Olaf scheppert aber noch einmal gegen sein Glas und stoppt die Raucher, die sich wieder hinsetzen. »Trotzdem brauchen wir am Samstag das volle Programm, dass das klargeht. Kennt ihr ja: Fahnen, Trommeln, Bengalos, Pyros … alles, was geht! Großes Kino! Die drei Punkte müssen her. Koste es, was es wolle!«

»Geht klar!«

»Aber so was von …«

»Eins noch, wir haben seit Langem wieder mal einen *Rookie des Monats*«, verkündet Olaf. »Sven, sag mal deinem Kumpel, er soll kurz aufstehen.«

Wen meint Olaf? Ich schaue mich um und denke, Sven hat hier bestimmt einige Kumpels. Bekomme aber irgendwie ein ungutes Gefühl.

Dann sehe ich Sven zu mir hergrinsen und weiß, dass ich falsch gedacht habe.

Was gibt das? Alle schauen in unsere Richtung.

»Los, steh auf!«, sagt Sven und drückt mir seinen Ellbogen in die Seite.

Ich?

Meinetwegen, was soll's. Gibt Schlimmeres. Habe zwar keine Ahnung, was ein *Rookie des Monats* ist, aber ich stehe auf.

Hoffentlich kostet das keine Lokalrunde, denke ich und gehe schon mal in Gedanken die Kohle durch, die ich dabeihabe. Würde aber hinten und vorne nicht reichen.

Dann fangen die Leute an zu klatschen und ich spüre, wie ich Gänsehaut kriege, und zwar jede Menge.

Keine Ahnung, was ich tun soll. Ich glaube, ich stehe im Moment ziemlich blöd da. Was macht ein *Rookie des Monats*? Ich weiß nicht einmal, wohin ich schauen soll. Aber es fühlt sich gar nicht schlecht an. Richtig gut sogar. Da applaudieren die härtesten Typen, die ich je gesehen habe. Und nur wegen mir. Fehlt nur noch die Nationalhymne.

Ich höre mich noch ein »Äh … danke« stammeln, als zum Glück Olaf wieder an sein Glas schlägt, es langsam ruhig wird und ich mich wieder hinsetzen kann.

Dabei bleibt mir dann aber fast das Herz stehen, als ich kurz in Richtung Tresen sehe und meinen Augen nicht traue: Caro und Lisa! Sie haben gerade aufgehört zu klatschen.

»Ich habe selbst gesehen, wie unser neuer Kumpel letzten Samstag seinen FC-Schal verteidigt und dabei einen Gegner umgenietet hat«, sagt Olaf zum Abschluss. »Ihr wisst ja, es gibt nichts Schlimmeres als ein vom Gegner angesteckter brennender FC-Schal. Respekt, Mann, was für ein guter Einstand!«

Ich drehe mich noch einmal zu Caro und sehe, wie sie herschaut und mir beide Hände mit den Daumen nach oben entgegenstreckt.

Dann merke ich, wie es mich vor lauter Gänsehaut fröstelt. Ich komme mir vor wie Ober-Bad-Boy und König der Löwen zusammen.

»Das muss begossen werden!«, höre ich Sven neben mir.

Die Versammlung ist jetzt endgültig aufgelöst und die Leute verteilen sich im ganzen Lokal. Und die Hälfte hat mir dabei mit einem *Gut, Mann!*, *Sauber, Alter!* oder so was auf die Schulter geklopft, dass ich garantiert schon fünf Zentimeter geschrumpft bin.

Als wir dann bei den Mädels am Tresen ankommen, bin ich aber mindestens wieder einen Meter größer. Weil ich Caro ansehe, wie sie aus dem Staunen nicht mehr rauskommt.

Und mir sieht man es wahrscheinlich auch an. Obwohl ich

versuche, extrem cool zu bleiben … als wäre so etwas das Normalste der Welt.

»Hätte ich dir echt nicht zugetraut …«, sagt Caro.

Ich mir auch nicht, hätte ich fast geantwortet, zucke dann aber bloß mit einem coolen »Hm« mit den Schultern.

Und nachdem Olaf das meiste ja schon erzählt hat, bleibt mir erspart zu erklären, dass es eigentlich nur so etwas wie Notwehr gewesen ist. Wenn ich nicht wüsste, dass ich gemeint bin, würde ich denken, Olaf hat von irgendeinem Superhelden in einem Actionfilm gesprochen.

Caro sieht immer wieder zu mir her. Am Schluss stößt sie mit mir an, sagt »Auf den Bad Boy!« und grinst.

»Da hätte ich mir besser einen *Manu* auf den Arm tätowieren lassen«, kommt dann von Lisa ebenfalls grinsend hinterher.

Zum Glück wollen die beiden dann wieder gehen und ich komme deshalb mit zwei Bier davon. Sven ist schon beim vierten. Mal sehen, ob ich die ganze Zeche stemmen kann.

Ich kratze gerade mein Geld zusammen, als Sven sagt: »Lass stecken, Kumpel – geht aufs Haus! Für so was haben wir eine Kasse.«

Hä, eine Kasse? Aber gut, soll mir recht sein. Ich sage »Danke!« und nehme mir vor, morgen bei Sven nachzuhaken, was das mit der Kasse auf sich hat. Im Moment bin ich froh, dass mir die Peinlichkeit erspart bleibt, jemanden anzupumpen.

»Du kommst spät«, sagt Mam und mustert mich schon wieder mit ihrem Antennenblick. Und ich weiß, sie sieht mir an, dass ich mich fühle wie Weltmeister und Olympiasieger in einem.

Ich schätze, ich habe eine faire Chance von ungefähr zwei Sekunden, um zu sagen, was los ist, bevor sie mich danach fragt. Ist mir aber jetzt egal …

»Warst du in der Stuttgarter Straße?«, fragt dann Mam auch schon mit leicht zusammengekniffenen Augen.

»Yes!« Ich weiß, auf was sie hinauswill, lasse sie aber noch zappeln.

»Und, wie geht's ihm?«

»Wem?«

»Deinem Vater!«

Deinem Vater! Hört sich an, als würde sie den Mann kaum kennen. Normalerweise könnte ich jetzt schon wieder die Krise kriegen … aber nicht heute, an so einem Tag.

»Ich war nicht bei Paps«, sage ich deshalb.

Ich war drauf und dran, sie im Unklaren zu lassen. Dass sie tatsächlich glaubt, meine gute Laune käme vielleicht von einem Besuch bei Paps. Aber nach dem, was sie mir neulich von ihm gesagt hat, möchte ich ihr nicht auch noch wehtun.

Mam ist dann auch schnell zufrieden, als ich ihr sage, dass ich mit Sven etwas unternommen und Caro mit Lisa getroffen habe.

Und alles, was mit Fußball zu tun hat, lasse ich weg. Und vor allem das mit dem *Rookie* und wie das zustande gekommen ist.

9.

Wäre heute ein Löwen-Stuhl frei, ich hätte Platz genommen. Ohne zu fragen, hätte mich einfach daraufgesetzt und einquartiert. Und wenn jemand blöd dahergekommen wäre, hätte ich nur gesagt, dass ich ab jetzt hier sitze. Punkt. Basta. Aus, Ende.

Klappt aber nicht, Mirko ist immer noch da, obwohl er weiterhin kifft wie ein Weltmeister.

Und Kemal grinst verdächtig blöd, als ich bei ihm vorbeikomme. Er wagt sich wieder aus der Deckung. Wahrscheinlich haben seine Eier wieder normale Farbe angenommen.

Ich bin noch keinen Meter an ihm vorbei, als ich »Der Rocky des Monats?« hinter mir höre.

Aha, Stille Post. War klar, dass sich das schon rumgesprochen hat. Hätte zwar gerne geantwortet: *Der Blödmann des Monats war ja schon vergeben*, sage aber erst einmal nichts und gehe weiter. Weiß ja noch gar nicht, wie's gemeint ist. Hat sich allerdings nicht unbedingt so angehört, als wolle er mich beglückwünschen. Ich verzichte auch darauf, Kemal zu verbessern. Musste ja selbst erst googeln, um festzustellen, dass das *Rookie* heißt, vom Eishockey kommt und den besten Neueinsteiger in der Mannschaft auszeichnet.

»Vielleicht gehe ich mit dem neuen Rambo-Rocky mal in den Boxring. Dann kommt noch ein *Loser des Monats* dazu.«

Ich bleibe stehen, drehe mich langsam um, schaue dem Arsch in die Augen und sage laut: »Oder zu deinen blauen Eiern noch ein blaues Auge.«

Dann beendet Shorty, die gerade reinkommt, unsere Unterhaltung.

»Good Moooorning!«, sagt sie. Wie immer so gekünstelt, als wäre sie King Charles III. persönlich. Und nicht nur der King of England, sondern auch der King aller English teacher. Dabei ist es mit ihren Englischkenntnissen gar nicht so weit her. Zumindest hat das vor einem halben Jahr ein Austauschschüler aus Bristol behauptet, der sich nur schwer mit ihr unterhalten konnte. Und da ändert auch ihr noch so gestelztes *Good Mooooorning* nichts.

Normalerweise hätte ich mir jetzt ins Hemd gemacht und vor dem Pausengong und Kemals anschließender Rache geschlottert. Macht mir heute aber keinen Stress. Ich schiele stattdessen zu Caro, sehe, wie sie nervös auf ihrer Unterlippe kaut und wie paralysiert auf die Hefte des Englischtests starrt, die die Shorty auf ihrem Tisch abgelegt hat.

»Fünf plus«, antwortet Caro nach der Stunde auf meine Frage nach ihrer Note.

»Scheiß drauf!«, sagt Sven, der sein Heft nicht einmal aufgeschlagen hat.

»Immerhin besser als beim letzten Mal«, kommt von mir, obwohl ich weiß, dass es kein großer Trost ist. Letztes Mal hatte sie eine glatte Fünf.

»Ich brauche beim nächsten Test mindestens eine Drei, damit es für eine Vier und für die Zehnte reicht.«

Klar, es ist nicht okay, aber für mich ist das keine so oberschlechte Nachricht. »Sollen wir mal zusammen büffeln?«, frage ich, nachdem Sven zu seinem Bus abgebogen ist.

»Vielleicht gar keine schlechte Idee«, antwortet Caro nach einer kurzen Pause.

Vielleicht gar keine schlechte Idee? Das ist eine super Idee, denke ich … aber dann fällt mir Nuri wieder ein, den ich auch nach seiner Note fragen wollte. Wo ist der Kerl? Der müsste doch in der Nähe sein. Da stimmt doch was nicht.

»Hast du Nuri gesehen?«, frage ich Caro.

»Nein, warum?«, antwortet sie. »Nur Kemal …«, kommt dann noch hinterher. »… der hing vor der Schule rum. Hat ausgesehen, als würde er auf jemand warten.«

Verdammt, ist mir vor lauter Caro gar nicht aufgefallen.

Aber wo ist Nuri? Er hat den gleichen Weg.

»Ich muss zurück!«, sage ich zu Caro, drehe um und will gerade wieder zur Schule zurückrennen, stoppe aber kurz noch einmal. »Sollen wir fürs Englischlernen gleich was ausmachen?« Renne dann aber doch los, weil ich irgendwie kein gutes Gefühl habe. »Melde mich bei dir«, rufe ich Caro noch zu.

Ich sehe es sofort. Nuri lehnt an der Wand des Schulgebäudes und krümmt sich. Kemal steht vor ihm und labert irgendwas.

Ich sprinte los, und bevor er reagieren kann, lege ich von hinten meinen Unterarm um Kemals Hals und reiße ihn weg. Kemal stolpert zurück, kommt ins Straucheln, will irgendetwas sagen, japst aber nach Luft. Er versucht, wild um sich zu schlagen. Ich zerre Kemal nach unten und lasse los, sodass er auf dem Boden landet.

Er hätte es verdient, dass ich ihm noch einmal in die Eier trete, aber Lochi ist aufgetaucht und brüllt: »Hört sofort auf!«

»Wichser«, krächzt Kemal, nachdem er sich aufgerappelt hat und mit beiden Händen den Hals reibt. »Hoffentlich kriegt er blaue Eier«, kommt noch hinterher, deutet mit dem Kopf auf Nuri und verschwindet dann in Richtung Bushaltestelle.

Lochi ist zum Lehrerparkplatz abgedreht. Er hat sich zum Glück nicht mehr groß eingeschaltet.

»Hat er dir in die Eier getreten?«

»Wollte er«, antwortet Nuri.

Ich bin mir nicht sicher, ob das stimmt. Hat ausgesehen, als hätte er ordentlich was abbekommen. Will schon nachhaken, als Nuri weiterredet: »Ich hab's geahnt, als er auf einmal vor mir stand, irgendwas von *Rache* gefaselt und blöd gegrinst hat. Ich war drauf gefasst, und als er sein Knie hochgezogen hat, konnte ich mich gerade noch etwas zur Seite drehen. Habe aber so getan, als hätte er mich voll getroffen.«

Hm …

»Hätte ich geahnt, dass mir gleich der *Superrächer Rocky-Rambo der Zweite* zu Hilfe kommt, hätte ich den Kampf angenommen.«

»Rookie!«, verbessere ich Nuri. »Das heißt *Rookie* und nicht *Rocky.*«

»Weiß ich, Mann, ich bin doch nicht so blöd wie Kemal.«

»Woher?«

»In der Parallelklasse haben sie's erzählt.«

»Und ich weiß auch, von wem du diese Auszeichnung bekommen hast«, sagt Nuri auf dem Weg zu Straßenbahnhaltestelle.

Ich staune immer wieder aufs Neue, was Nuri alles rauskriegt.

»Weiß das deine Mutter?«, fragt er noch.

»Nein, besser nicht.«

Das *besser nicht* hätte ich mir sparen können. Nuri weiß auch so Bescheid. »Pass bloß auf!«, sagt er noch.

10.

Es gibt sie tatsächlich – Svens Mam. Ich bin im Flur, entdecke das Phantom aber in der Küche. Sie nimmt mich nicht groß zur Kenntnis, wirkt irgendwie hektisch und ist offenbar in Eile. Ich bekomme immerhin noch ein »Hi« hin, als sie an mir vorbeirauscht. Sie hinterlässt dabei eine Duftwolke, gegen die *Cool Water* von Paps wie stilles Mineralwasser daherkommt.

So langsam kann ich Sven verstehen. Ich habe mir seine Mutter anders vorgestellt, eher wie meine Mam. Sie ist aber praktisch eine Kopie von Mia – nur zwanzig Jahre älter oder so. Knallenge Leggins, fast so viel Schminke wie ein Zirkusclown und Wimpern so groß wie Adlerschwingen, mit denen sie wahrscheinlich sogar abheben könnte.

Ansonsten läuft es bei Sven fast wie immer. Ralf hockt vor dem Fernseher, nur Mia scheint zu fehlen. Aber das ist ja nichts Neues. Und ich frage lieber nicht nach ihr, kann mir schon denken, wo sie steckt.

Sven beeilt sich und es sieht so aus, als wäre er froh rauszukommen. Keine Ahnung, ob es was mit seiner Mutter zu tun hat, aber Sven ist nicht besonders gut drauf.

Geht mir genauso, ich habe heute keinen Bock auf irgendwelchen Stress, wenn der FC wieder verliert.

Als wir dann auf die ersten Fans treffen, gibt es nur noch ein Thema: Sieg und die drei Punkte, die hermüssen, koste es, was es wolle!

Auch wenn alles ähnlich wie beim letzten Heimspiel abgeht,

spürt und sieht man, dass heute etwas Oberwichtiges ansteht. Es gibt viel mehr Radau und es sind mehr Fans mit größeren Fahnen unterwegs.

Der ausländische Bettler vom letzten Mal sitzt auch wieder da.

Ich denke gerade, dass das keine gute Idee ist, als ich sehe, wie einer seinen Becher in einem hohen Bogen wegkickt. »So geht das heute – ein Schuss, ein Tor!«, sagt er noch und die anderen grölen dazu. Ein paar Münzen klimpern im Umkreis von fünf Metern wieder auf den Asphalt. »Verzieh dich, du bist im Weg«, sagt der dicke Lars, der wieder in seiner engen Kutte steckt.

Keine Ahnung, ob das daran liegt, dass die Nerven heute bei einigen besonders blank liegen, aber das ist echt nicht okay. Das sollten sie nicht machen. Zu Recht höre ich den Mann hinter mir noch eine Weile fluchen. Interessiert aber kein Schwein. Wahrscheinlich hat er Glück, dass keiner seine Sprache versteht, sonst gäbe es vielleicht noch ein paar Tritte obendrauf. Lars würde ich das sofort zutrauen. Weiß man ja, dass er's nicht so hat mit Ausländern.

Wir kommen vom Vorglühen und steuern das Eingangstor unseres Blocks an, als ich direkt dahinter zwei riesige Polizeifahrzeuge entdecke. Fast so groß wie Omnibusse, vorne und hinten eine Tür, aber keine Fenster.

Als hätten sie auf uns gewartet, wird unsere ganze Gruppe von Polizisten empfangen und in den separaten abgesteckten Bereich geleitet, wo die großen Fahrzeuge stehen. Es wird zwar protestiert und geschimpft ohne Ende, nützt aber nichts.

Ich darf gar nicht daran denken, was Mam sagen würde, wenn sie wüsste, dass ihr Sohn von der Polizei erwartet wird.

Die Zuschauer, die durch andere Eingänge reinkommen, gehen unbehelligt zu ihren Blöcken. Ich habe auf einmal ein richtig ungutes Gefühl. Die Polizei hat es eindeutig nur auf uns abgesehen.

Ein paar versuchen zu entwischen, werden aber von den Bullen sofort wieder zurückgeschickt.

»Jeder muss kurz durch das Fahrzeug, dann ist alles erledigt«, sagt einer der Polizisten. »Andernfalls könnt ihr mit einem Stadionverbot in der Tasche gleich wieder heimgehen.«

»Die wollen kontrollieren, ob wir Pyros oder so was dabeihaben«, höre ich von einem der Wölfe.

»Verdammte Scheiße, muss dann halt sein«, sagt ein anderer. »Die Mannschaft braucht uns gleich.«

»Scheißbullen!«, tönt es aus allen Ecken und Enden.

Sven schaut zu mir her und zuckt nur mit den Schultern.

Ich beruhige mich wieder etwas. Durchsucht haben sie uns das letzte Mal ja auch. Aber da sind es Ordner gewesen, die uns kurz abgetastet haben ... und keine Polizisten.

Ich gehe gerade die zwei Stufen zu diesem Polizeifahrzeug hoch, als die Ersten hinten schon wieder rauskommen und sich auf die Hände schauen.

Zuerst denke ich mir nicht viel dabei, als ich sehe, wie die Leute vor mir jeden Finger einzeln auf einen kleinen Scanner legen und ihre Ausweise zeigen. Aber dann checke ich es – die nehmen Fingerabdrücke ab. Wer keinen Ausweis dabeihat, muss seinen Namen angeben und wird fotografiert.

»Scheiß drauf, von den meisten haben sie sowieso schon die Fingerabdrücke«, sagt ein anderer Wolf, als wir wieder aus dem Fahrzeug kommen. »Jetzt aber nichts wie in unseren Block, wir müssen uns noch aufwärmen. Das Spiel geht gleich los.«

Obwohl das Gedränge auf den Stehplatzrängen dieses Mal noch größer ist, schaffen wir es, dass Sven und ich zusammenbleiben. Zwei Reihen vor uns ist Olaf nicht zu übersehen.

Am Zaun zum Spielfeld wird von zwei Wölfen das Banner mit der Ausländerregel aufgehängt. Der letzte klettert gerade wieder herunter, als von der anderen Seite Ordner angerannt kommen und das große Tuch wegreißen und mitnehmen.

Der ganze Block protestiert mit einem infernalischen Pfeifkonzert. Der dicke Lars, eine Reihe vor mir, wirft eine Banane über den Zaun.

Die Lautsprecheransage, die zu hören ist, gilt bestimmt uns, ist aber vor lauter Lärm kaum zu verstehen. Irgendwas mit *Vielfalt* und *Fairness* wird durchgegeben.

Als Antwort krachen Pyros und Bengalos um mich herum und nebeln uns total ein. Alles weit und breit hustet ohne Ende, sehen kann man nichts mehr.

Als sich der Rauch verzogen hat, stehen die beiden Mannschaften auf dem Platz und verteilen sich schon.

Der Schiedsrichter pfeift das Spiel an und alles ist wieder beim Alten: Hüpfen, singen, anfeuern, Fahnen schwenken … das volle Programm. Außerdem wird jede Aktion auf dem Spielfeld kommentiert, als ginge es um Leben und Tod.

Als der FC nach ein paar Minuten das erste Tor schießt, liegen sich alle in den Armen und das entfernte Banner interessiert keine Sau mehr. Wäre normalerweise ein Gänsehautmoment. Ich mache zwar mit, bin aber nicht so ausgeflippt wie die anderen.

In der zweiten Halbzeit gibt's kein Halten mehr – der FC schießt das zweite Tor! Sven zählt schon auf, wo wir überall ein Bier bekommen, bevor der Sieg im *Winnie* endgültig gefeiert wird. Ich bin immer noch nicht so richtig in Stimmung.

Nach dem Spiel geht's dann auch gleich zur Sache. Direkt am Fußballstadion wird das erste Bier geleert und das nächste to go mitgenommen.

Grölend und singend ziehen wir weiter. Der dicke Lars geht nicht nur unmittelbar vor mir, er geht mir mittlerweile mit seinem dämlichen Gelaber auch richtig auf den Sack.

Aber jetzt spinnt das Arschloch total, er leert dem Bettler, der immer noch dasitzt, eine halbe Flasche Bier über den Kopf, sagt: »Waschen kann nichts schaden«, und zieht lachend weiter. Ich hätte ihm am liebsten von hinten in die Hacken getreten, dass er auf seiner blöden Fresse landet.

Mir reicht's jetzt, ich habe keinen Bock mehr auf die Scheiße. Sven ist schon ein paar Meter vor mir. Den interessiert nur noch, wo man nachtanken kann.

Ich lasse mich immer mehr zurückfallen, sage kurz, dass ich pissen muss, und verdrücke mich in die nächste Seitenstraße. Dort gehe ich einfach weiter, egal in welche Richtung, Hauptsache, erst einmal weg von hier.

An der Bushaltestelle überlege ich, wo ich hinfahren soll. Heim, zu Mam? Mich ausquetschen lassen, dass wir zwar gewonnen haben, aber Fingerabdrücke abgeben mussten?

Zu Paps zieht's mich seit Mams Beichte auch nicht mehr so richtig. Außerdem habe ich keinen Bock, in der Nähe vom *Winnie* zu landen.

Was geht?, texte ich an Nuri.

Bist du nicht beim Fußball?, kommt gleich zurück.

Nicht mehr

Und nicht beim Feiern?

Nuri ist besser und schneller informiert als jede Nachrichtenagentur.

So ein blöder, dicker Arsch, denke ich immer noch, als ich im Treppenhaus von Nuri bin. Aber die anderen sind auch nicht viel besser.

»Alter!?«, sagt Nuri bloß. Wir sitzen in seinem kleinen Zimmer und ich habe ihm gerade von der Aktion mit den Fingerabdrücken erzählt.

»Da war doch was letzte Woche«, sagt Nuri. Er sitzt an seinem Minischreibtisch, ich einen Meter gegenüber auf einer Minicouch. Das komplette Mobiliar würde locker in eine Telefonzelle passen. »Gab es nicht die Randale bei diesem Inder?«

Ich muss mich immer wieder über Nuri wundern, was der alles weiß. Ging aber durchs Netz, hab's ja selbst gelesen.

»Warst du dabei?«

»Nicht wirklich«, sage ich und erzähle, dass Sven die Flasche durch die Scheibe geworfen hat, sich aber nicht mehr daran erinnert.

»Dann haben sie ihn an den Eiern«, meint Nuri. »Das war bestimmt Ziel der ganzen Aktion. Jetzt haben sie seine Fingerabdrücke.«

Verdammt, Nuri könnte recht haben, denke ich noch, aber dann wird mir auf einmal heiß, als hätte jemand meinen Kopf gerade mit kochendem Wasser geflutet.

»Geht's dir nicht gut?«, höre ich Nuri nur noch wie durch Watte.

Beim Aufstehen ist mir schummrig.

»Alter, was ist los?«

Keine Ahnung, ob ich noch irgendwas zu Nuri gesagt oder

mich verabschiedet habe, kriege nur noch mit, dass ich mich beim Runtergehen am Treppengeländer festhalten muss.

Die frische Luft tut mir gut. Aber nur kurz. Als ich an Nuris letzte Worte denke: *Dann haben sie ihn an den Eiern. Jetzt haben sie seine Fingerabdrücke*, geht die Achterbahnfahrt in meinem Kopf wieder los. Bis ich es klar vor Augen habe: Das ist meine Bierflasche gewesen, die Sven durchs Fenster geworfen hat. Mit meinen Fingerabdrücken drauf. Jetzt haben sie auch mich an den Eiern!

11.

»Was ist denn mit dir los?«, höre ich Mam gleich sagen, als sie mich sieht. Sie sitzt in der Küche, als hätte sie schon zwei Stunden auf mich gewartet, um mich genau das zu fragen.

Ich weiß es ja selber nicht. Doch, der totale Scheiß. Traue mich kaum, Mam in die Augen zu sehen …

Oder soll ich ihr's erzählen?

Aber was soll ich sagen? Dass ich dabei war, als ein Inder, der am Boden lag, mit den Füßen getreten wurde, und ich gehört habe, wie seine Rippen brachen? Dass anschließend Sven eine Bierflasche durchs Fenster warf – sich nicht mehr daran erinnert, aber meine Fingerabdrücke drauf sind? Dass ich mit alldem nichts zu tun habe, aber mit dem *Rookie des Monats* ausgezeichnet wurde, weil ich einen gegnerischen Fan umgenietet habe?

Das kann ich Mam nicht antun. Sie würde losheulen. Und sie würde nicht mehr sagen: *Werd bloß nicht wie dein Vater!* Sie würde denken: *Du bist schon wie dein Vater – gewalttätig!*

Ich versuche mich wieder halbwegs zu beruhigen. Vielleicht ist das mit den Fingerabdrücken gar nicht so schlimm und klärt sich auf. Oder die Polizei glaubt mir, dass ich gar nicht beteiligt gewesen bin. Wie einige andere ja auch.

Mache ich mir unnötigen Stress? Ich habe ja nichts getan.

Ich sage Mam lieber nichts.

»Hast du zu viel getrunken?«

Am besten, ich sage einfach Ja, überlege ich. Sie würde zwar den Kopf schütteln, mich aber vielleicht in mein Zimmer entlassen.

»Gewonnen? Habt ihr gefeiert!?«

Nein, weder gefeiert noch zu viel getrunken … ich habe im Moment ganz andere Probleme, würde ich am liebsten antworten. Aber ich nicke.

Mam lässt mich dann wenigstens in Ruhe und ich kann mich in mein Zimmer verziehen.

Macht die Sache aber auch nicht wirklich besser.

Ich lege mich auf mein Bett und würde mir am liebsten die Decke über den Kopf ziehen.

Alter, was ist los?, lese ich von Nuri.

Ich habe mich wieder etwas beruhigt und überlege, ob ich Nuri anrufen und ihn fragen soll, was er von der Sache hält, als es an der Wohnungstür klingelt.

Um die Uhrzeit? Mir wird sofort heiß und kalt. Schlimmer als vor einer Stunde bei Nuri. Viel schlimmer …

»Manuel!«

Mam. Ich höre es schon am Ton. Das ist nicht ihr Sohn, nach dem sie ruft.

Das Erste, was ich sehe, als die Tür aufgeht, ist Mams Gesicht. Nein, ihre Angst. Ihre Angst um mich. Dann sehe ich zwei Polizisten hinter ihr, oder vielmehr einen Polizisten und eine Polizistin.

»Wir müssen mit dir reden«, sagt der Polizist, drängt sich an Mam vorbei und kommt in mein Zimmer. Hört sich aber nicht nach Reden an, sondern eher, als hätte nur er etwas zu sagen. Er ist riesig. Da hat nicht viel gefehlt und er hätte mit seiner Mütze oben den Türrahmen gestreift.

»Ich will dabei sein«, sagt Mam. »Wir gehen am besten in die Küche.«

Meine Knie sind so weich, dass ich froh bin, es bis in die Küche zu schaffen.

»Warst du letzte Woche beim Auswärtsspiel vom FC dabei?«, fragt der Riese. Wir sitzen alle vier am Esstisch, seine Kollegin kritzelt etwas in ihren Notizblock.

»Äh, ja.« Auch wenn's in meinem Kopf immer noch zugeht wie auf einer Achterbahn, kann ich mir schon denken, was als Nächstes kommt. Traue mich nicht, Mam anzuschauen.

»Warst du bei der Randale vor dem indischen Lokal dabei?«

Ich weiß nicht, was ich sagen soll, kann kaum einen klaren Gedanken fassen. »Äh …« Ich war dabei, war aber auch nicht dabei. Ich schiele zu Mam, sie sieht mich mit großen Augen an. Ich weiß, was sie erwartet. Ein klares Nein. Aber was soll ich sagen?

»Kürzen wir es ab. Wir wissen, dass du dabei warst. Du warst nicht nur dabei, du warst der Anführer!«

WAS!!! Das stimmt doch nicht! Mam kriegt einen Blutsturz.

Ich höre mich nur noch ein kehliges Nein stammeln. Der Rest ist Panik. Was hat er gesagt? In meinem Kopf kreist alles … Bierflasche, Sven, Inder … Anführer.

Mam ist total schockiert. Sie schaut mich an, als wäre ihr gerade der Teufel begegnet. Sagt aber trotzdem: »Das stimmt nicht, Manuel hat Nein gesagt. Haben Sie's nicht gehört? Sie irren sich!«

»Meine liebe Frau Grabowski, wir sind uns sicher. Ihr Sohn war dabei, als vor dem Spiel die Zeche geprellt wurde. Das ist auch schon nicht gerade eine Kleinigkeit. Aber dann ist die Truppe nach dem Spiel zurückgekommen, hat das Personal angepöbelt, rassistisch beleidigt, tätlich verletzt und getreten, als es auf dem Boden lag.«

Mam sieht mich an, als wäre ich der größte Verbrecher.

»Das geht schon in Richtung schwere Körperverletzung«, macht der Polizist weiter. »Und zum Schluss hat Ihr Nein-Sager hier noch seine Bierflasche durch die Fensterscheibe geworfen. Da können Sie froh sein, wenn nicht noch der Staatsschutz vorbeikommt und wegen Landfriedensbruch ermittelt.«

»Das stimmt nicht.« Ich weiß nicht, aus welcher Ecke meines panischen Gehirns das jetzt kommt und wie ich den Kloß in meinem Hals überwunden habe. Mehr geht aber nicht.

»Wieso finden wir dann deine Fingerabdrücke auf der Flasche, die wie ein Geschoss durch die Fensterscheibe geflogen ist? Du hast Glück, dass da nicht auch noch jemand verletzt wurde.«

»Ich war das nicht.«

»Das haben wir heute schon einmal gehört. Du machst es nur noch schlimmer. Du bist gut beraten, alles zuzugeben.«

Mam schaut mich flehend an. Sie will, dass ich etwas sage. Aber bestimmt nicht, dass ich es zugebe, sondern das Gegenteil.

Geht aber nicht. Mir kommt nur noch ein Nein über die Lippen, dann kriege ich feuchte Augen.

»Wir machen das anders«, sagt der Riese genervt und sieht kurz zu seiner Kollegin. »Überleg es dir gut, wir melden uns nächste Woche noch einmal. Wahrscheinlich mit einer

Vorladung. Du kommst aufs Revier, um deine Aussage zu protokollieren. Schönen Abend!«

Dann sind sie wieder weg.

Schönen Abend?

Ich habe eine Scheißangst vor diesem Abend mit Mam. Am liebsten hätte ich Nuri angerufen und gefragt, ob ich gleich zu ihm kommen könnte … am besten über Nacht.

Wir sitzen immer noch in der Küche. Die Polizisten sind schon ein paar Minuten weg. Keiner redet. Ich schaue auf den Boden. Weiß aber, dass mich Mam anschaut und erwartet, dass ich was sage.

»Warum hast du mir nichts gesagt?«, fragt sie dann schließlich.

»Was? Was hätte ich sagen sollen?«

»Dass du so einen Scheiß machst.«

»Ich habe keinen Scheiß gemacht.«

»Und was war das gerade?«

»Ich war das nicht.«

»Und die Fingerabdrücke?«

»Da waren auch noch andere Fingerabdrücke drauf.«

»Du warst also doch dabei!«

»Da waren viele dabei.«

Mam kriegt feuchte Augen. Ich weiß, was jetzt kommt.

»Ach, Manuel«, sagt sie schließlich, nach einem großen Seufzer. »Ich habe so gehofft …«

Was hat sie gehofft? Warum spricht sie nicht weiter? Ich war's doch nicht.

»Ich habe doch nichts getan.« Hab's fast nicht mehr rausgekriegt, der Kloß ist wieder da. Jetzt haben wir beide feuchte Augen.

»Ach, Manu«, sagt Mam, steht auf, sagt: »Komm her!«, und nimmt mich in den Arm.

Wenigstens hat sie wieder *Manu* zu mir gesagt.

Ich bleibe so lange wie möglich im Bett. Am liebsten würde ich heute überhaupt nicht aufstehen. Oder am besten einen ganzen Monat nicht … bis hoffentlich Gras über die Sache gewachsen ist.

Irgendwann schlurfe ich dann doch Richtung Küche. Ich kann diesem Sonntag und Mam sowieso nicht entgehen.

Immer wieder geht mir der Scheiß von gestern Abend durch den Kopf. Aber jetzt fällt mir ein, dass der Polizist gesagt hat: »Das haben wir heute schon einmal gehört.«

Hat er Sven gemeint?

12.

Ich muss unbedingt mit Sven reden. Und mit Nuri.

Der Erste, den ich aber schon vor der Schule sehe, ist Kemal. Er schaut zwar her, ich gehe ihm aber aus dem Weg. Ich weiß, dass da noch was offen ist, der soll mich bloß in Ruhe lassen.

Im Klassenzimmer stehen ein paar Löwen zusammen, ich gehe aber gleich an meinen Tisch. Habe absolut keinen Bock, über Fußball zu reden. Außer mit Sven.

Der fehlt aber noch. Caro ist an ihrem Platz und quatscht mit Lisa. Nuri kommt zwar gerade angelatscht, hat aber den Fitzke schon im Schlepptau.

Sven eiert daher. Fünf Minuten zu spät. Und so was von cool, als wäre es das Normalste der Welt. Der Fitzke will nichts wissen. Sven soll sich hinsetzen.

So sieht keiner aus, bei dem die Polizei war und dem das Wasser bis zum Hals steht.

Ich gehe mit Nuri in die große Pause. Mit Sven werde ich hoffentlich gleich quatschen können.

»Was, die Bullen waren bei dir?«

»Meine Mutter hatte Schnappatmung.«

»Hmm ... vielleicht gar nicht so schlecht ...«, meint Nuri, nachdem ich ihm alles erzählt habe. »Wenn beide Fingerabdrücke drauf sind und es niemand gesehen hat. Wie soll die Polizei beweisen, wer die Flasche geworfen hat?«

»Stimmt.«

»Die FC-Fans halten bestimmt dicht.«

Da hat er wahrscheinlich recht. Mein Puls geht von gefühlten 300 auf 299.

»Da vorne sind sie ja!«, sagt Nuri dann und zeigt auf Sven und Caro, die gerade den Raucherbereich ansteuern. »Hat Caro das Rauchen angefangen?«, fragt Nuri und grinst.

Hoffentlich hat sie nichts anderes angefangen, denke ich, aber dann dreht Caro ab. Die beiden sind in letzter Zeit verdächtig oft zusammen.

»Muss kurz mit Sven reden«, sage ich zu Nuri und steuere den Raucherbereich an.

»Kann ich verstehen.«

»Die Polizei war bei mir«, sage ich gleich, als ich neben Sven bin.

»Bei mir auch. Wo ist das Problem?«

Wo das Problem ist? Das steht neben mir.

»Die haben behauptet, ich hätte beim Inder randaliert und die Bierflasche durch die Fensterscheibe geworfen«, sage ich.

»Und? Hast du?«

Spinnt der! »Nein, das warst du!«

»Wer sagt das?«

»Ich hab's gesehen.«

»Und wer noch?«

»Keine Ahnung, wer das noch gesehen hat.«

»Vielleicht geht's dir ja wie mir, und du kannst dich gar nicht mehr erinnern.«

Hä? Was war das jetzt? Das klang jetzt fast schon wie ein guter Rat oder so was.

»Verstehst du?«, kommt noch hinterher.

Ich überlege, ob ich verstanden habe. Denke aber schon.

»Wenn wir uns beide nicht mehr erinnern und keiner etwas gesehen hat …«

Ist klar. Verstehe. *Wenn keiner etwas gesehen hat* geht vor allem an meine Adresse. Und in die Richtung, was Nuri gemeint hat.

»Vielleicht haben die Inder die Flasche selbst durchs Fenster geworfen.«

»Hä!« Wird ja immer toller. Das kann nicht sein Ernst sein.

»Würde ich denen total zutrauen«, sagt er noch. »So fies sind die. Ziehen Handschuhe an, schnappen sich eine Bierflasche, die am Boden liegt, und werfen sie durch ihre eigene Scheibe … nur um uns eins auszuwischen. Mit unseren Fingerabdrücken drauf.«

Scheint mir jetzt zwar weit hergeholt, wäre aber tatsächlich möglich … wenn ich nicht mit eigenen Augen gesehen hätte, wie es wirklich gewesen ist. Habe aber keinen Bock, das jetzt noch einmal zu sagen. Dann geht der Scheiß wieder von vorne los.

»Und die Wölfe haben wir auch noch …«

Die Wölfe? Die bezeugen das alles, oder was? Und das glaubt dann jeder. Ich will Sven gerade fragen, was er damit meint, als ein Polizeiauto in den Schulhof fährt.

Der Polizist und die Polizistin vom Samstag steigen aus und gehen in die Schule. Der Riese ist nicht zu übersehen.

»Die beiden waren bei mir«, sage ich zu Sven.

»Bei mir auch.«

»Und? Was hat deine Mutter dazu gemeint?«

»Nichts!«

»Nichts?«

»Was meinst du, wie oft bei uns die Polizei vorbeikommt!?«

Verstehe, hätte ich fast gesagt, aber dann hören wir, dass die große Pause zu Ende ist. Außerdem bin ich mir nicht sicher, ob ich das überhaupt verstehen möchte.

Lochi lässt uns ewig warten. Mit fünfzehn Minuten Verspätung taucht er schließlich zum Unterricht auf. Ich kann mir denken, warum. Und habe kein gutes Gefühl dabei.

Bevor Lochi seine Tasche ablegt, bleibt er kurz stehen, linst über seine Brille, schaut wortlos kurz zu Sven, dann gefühlt eine halbe Stunde zu mir und schüttelt den Kopf. Zwar ebenso wortlos, aber mit der eindeutigen Botschaft: *Hätte ich nicht von dir gedacht* oder so was …

Blöder Sack!

Mein ungutes Gefühl ist noch unguter geworden und begleitet mich bis nach Hause.

Das Festnetztelefon blinkt und zeigt einen Anruf. Ziemlich ungewöhnlich. Mam kommt erst in vier Stunden von der Arbeit. Die meisten wissen das. Und mich ruft jeder auf dem Handy an.

Der Anruf war vor fünf Minuten.

Ich google die Nummer und bekomme bestätigt, was ich befürchtet habe: Polizei!

Ich überlege gerade, ob es gut oder schlecht ist, wenn die Polizei anruft und Mam noch nicht da ist, als das Telefon klingelt. Gleiche Rufnummer.

»Manuel Grabowski?«, fragt ein gewisser Oberkommissar, dessen Namen ich nicht richtig verstanden habe. Kollek, Bollek … oder so ähnlich. Höre aber an der Stimme, dass es der Riesenbulle vom Samstag ist.

Ob ich heute noch vorbeikommen kann, fragt er. Wir müssten noch ein Protokoll aufnehmen. Er wäre den ganzen Nachmittag da. Hört sich aber eher nicht nach einer Frage an.

Mist, ausgerechnet heute. Da habe ich mit Caro ausgemacht, dass wir Englisch büffeln. Und vielleicht nicht nur das …

Soll ich anschließend zur Polizei?

Nein, keine gute Idee, mit dem anstehenden Polizeistress im Kopf bei Caro aufzukreuzen. Die Mission ist schon heikel genug.

Ich habe beschlossen, die Sache gleich zu erledigen. Zum Polizeirevier ist es nicht weit, nur zwei Straßen weiter. Liegt auf dem Weg zu Caro.

Als ich ankomme, ist von meiner Absicht, cool zu bleiben, allerdings nicht mehr viel übrig geblieben. Der Puls hat mit jedem Meter hierher um einen Schlag zugelegt. Und das waren bestimmt tausend Meter.

Mein Finger zittert, als ich auf die Klingel vom Revier drücke.

Aber vielleicht ist die ganze Sache in einer halben Stunde schon erledigt. Ich habe mir fest vorgenommen, möglichst alles klarzustellen … zumindest was mich betrifft.

Dann geht's zu Caro. Um dort weiterzumachen, wo ich im Kino aufgehört habe – am Knie. Gleiche Strategie.

Wenn ich wieder daheim bin, habe ich mich vom Knie vielleicht schon weitergearbeitet. Und kann Mam berichten, dass die Sache mit der Polizei nur ein Missverständnis gewesen ist.

Ohne dass sich jemand an der Sprechanlage meldet, höre ich, wie der Türöffner summt. Wahrscheinlich haben sie mich durch die Kamera gesehen. Seitlich über mir hängt so ein Teil und zeigt genau auf mich.

Nach ein paar Stufen und einem offenen Eingangsbereich

stehe ich vor so was Ähnlichem wie einem Tresen. Dahinter sitzt der Riesenbulle vom Samstag. *Kollek* steht auf dem Namensschild, das er an seiner Brust hat. Er hockt an einem Schreibtisch, tippt etwas in seine Computertastatur und schaut kurz her.

»Moment!«, sagt er in meine Richtung, nachdem er mich entdeckt hat. Das habe ich auch schon freundlicher gehört. Der mag mich nicht.

Hinter mir an der Wand steht eine Reihe von vier Stühlen. Ein Mann sitzt da, der ebenfalls auf etwas zu warten scheint. Ich überlege, ob ich mich einfach dazusetzen soll.

Hat sich aber erledigt. »Ich gehe nach nebenan«, sagt Kollek zu seinem Kollegen, der ihm gegenübersitzt. Dann steht er auf und kurvt um den Tresen. Seine Kollegin, die ihn am Samstag begleitet hat, ist nicht zu sehen. Mit der hätte ich mich lieber unterhalten. Bei dem Riesen habe ich kein gutes Gefühl.

»Wir gehen da rein«, sagt er zu mir und zeigt auf eine Tür neben mir.

Ich weiß nicht, ob ich enttäuscht oder eher erleichtert bin. Ich habe so einen Verhörraum erwartet, wie er in fast allen Krimis zu sehen ist. Nackter Tisch, mit einem Stuhl an jedem Ende. Strahler an der Decke, Aufnahmegerät in der Mitte und an einer Seite ein riesiges verspiegeltes Fenster, auf dessen Rückseite unsichtbare Polizisten alles sehen und hören können, was in dem Raum passiert.

Das Einzige, das hier an so was erinnert, ist der große Tisch in der Mitte des Raumes. Der hat aber, wie bei einer Großfamilie, acht Stühle drum herum. Da könnte die halbe Mafia auf einmal verhört werden. Ansonsten hat das Zimmer normale Fenster, die zur Straße zeigen, eine Kaffeemaschine, ungespülte Tassen daneben und einen Kühlschrank. Außerdem riecht es nach Pommes. Scheint so was wie der Kaffee- oder Pausenraum zu sein.

»Setz dich!«, befiehlt der Riese und zeigt auf einen Stuhl. »Du hast zwei Nächte darüber geschlafen, und jetzt will ich wissen, wie das an dem indischen Lokal war. Und zwar vor dem Spiel, als ihr Bier geordert und nicht bezahlt habt. Und vor allem, was nach dem Spiel passiert ist, als ihr noch einmal dort verbeigezogen seid.«

Äh, ja, vorbeigezogen, nicht bezahlt ... Und was soll ich jetzt sagen? Er weiß doch schon alles. So habe ich mir das hier nicht vorgestellt. Habe gedacht, ich werde genau nach etwas gefragt und kann mit Ja oder Nein antworten. Zum Beispiel, ob ich bei der Rangelei mitgemacht oder ob ich die Flasche durch die Scheibe geworfen habe. Oder ob ich gesehen habe, wer sie geworfen hat. Und dass ich dann alles mit Nein beantworten und anschließend wieder hinausspazieren kann.

»Ich ... äh ...«

»Jetzt hör mal zu, Freundchen. Ich habe nicht ewig Zeit. Entweder du erzählst mir jetzt, wie das alles genau abgelaufen ist, und vor allem, wer den indischen Koch am Boden liegend getreten und die Flasche durch die Scheibe geworfen hat. Oder ich gehe ich davon aus, dass du das warst.«

»Ich war's nicht!« Außerdem bin ich nicht sein *Freundchen.*

»Ich will nicht wissen, wer's NICHT war! Diese Antwort bekomm ich von jedem.«

So ein Fuck ... das läuft nicht gut. Im Film würden sie jetzt nach einem Anwalt verlangen. Ich habe aber keinen Anwalt.

Das Einzige, das ich habe, ist ein Kloß in meinem Hals, dass ich kaum noch einen Ton herausbringe. Und das Gefühl, dass das hier total scheiße läuft.

Nuri wäre jetzt hilfreich. Komme mir vor wie ein Taucher, dem so langsam die Luft ausgeht.

»Was warst du nicht? Wie soll ich so ein Protokoll schreiben?«

Will er jetzt von mir wissen, wie er sein Protokoll schreiben soll?

»Also gut, dann sag ICH dir jetzt mal was: Wir wissen, dass du bei den Zechprellern warst. Und auch wenn du nicht so aussiehst, wissen wir, dass du sehr gewalttätig bist. Du hast einen gegnerischen Fan blutig geschlagen. Das haben wir auf einem Video. Außerdem gibt es genügend Zeugen. Wir wissen, dass du dich mit einem aus deiner Klasse geprügelt hast, bis er auf dem Boden lag. Und ihn wahrscheinlich mit den Füßen getreten hättest, wenn nicht zufällig ein Lehrer vorbeigekommen wäre. Und du bist von einer polizeibekannten Fangruppe wegen einer Gewalttat dekoriert worden. Ich werde das jetzt so protokollieren und überlegen, ob ich das gleich an die Staatsanwaltschaft weiterleite. Und dann werden wir sehen, was passiert. Das kannst du jetzt unterschreiben oder auch nicht!«

Was hat er gesagt? Staatsanwalt!? Der Achterbahnwagen in meinem Kopf ist wieder aus der Kurve geflogen. Totale Panik. Heiß. Kalt. Feuchte Augen, sehe nur noch verschwommen. Was hat er gesagt …?

»Ich war das nicht«, höre ich mich aus weiter Ferne krächzen. »Sven. Das war Sven …«

»Was war Sven? Der dem Koch die Rippen gebrochen hat?«

»Weiß nicht …«

Meine Nase tropft. Schniefe nur noch. Brauche ein Taschentuch.

Die frische Luft hat ein Prozent meines Gehirns wieder aktiviert, nachdem ich gerade die Tür vom Polizeirevier hinter mir zugemacht habe. Woher kommt das Kleenex in meiner Hand?

Hat er wirklich Staatsanwaltschaft gesagt? Wieso Staatsanwaltschaft?

Bin total am Sack, texte ich zu Nuri, als ich wieder halbwegs denken kann.

Was los?

War bei der Polizei

Jetzt klingelt's, Nuri ruft an.

»Alter …«, sagt er. »Was geht?«

»Die haben mich total fertiggemacht … haben irgendwas von Staatsanwaltschaft gefaselt.«

»Staatsanwaltschaft …? Echt? Hört sich nicht gut an. Erzähl!«

Ich bin wieder etwas beruhigt. Aber nur etwas!

Nachdem Nuri gemeint hat, dass sich eigentlich nichts geändert hat. Die Polizei hätte halt Druck gemacht. Wäre aber ein Beleg, dass sie noch keine richtigen Beweise hat. Sonst hätten sie mich nicht so in die Mangel nehmen müssen. Und dass ich zum Glück nichts unterschrieben habe.

Nuri hat mich wieder einigermaßen eingefangen. Auch wenn mich die Polizeiaktion total abgetörnt hat, beschließe ich, dass ich noch zu Caro gehe. Hätte fast abgesagt. Doch zu einer Knieaktion wird's heute nicht mehr kommen. Mein Knie würde zittern wie im Kino.

Aber heimgehen und auf Mam warten wäre auch keine gute Idee.

»Hi, Manu!« Caro macht mir gleich die Tür auf. Sie wohnt in einem Reihenhaus und hat dort ein richtig großes Zimmer. Hätte ich auch gern. Ihr älterer Bruder ist schon ausgezogen und studiert irgendwo. Und das ist neben Englisch das Problem: Der Bruder hat Abi. Da muss bei Caro mindestens die Mittlere Reife her.

»Hallo, Manu!« Caros Mutter meldet sich durch die offene Küchentür. »Gut, dass ihr noch einmal Englisch lernt«, sagt sie. »Den Ausrutscher macht ihr beim nächsten Englischtest wieder wett.«

Hä ...? Wieso ihr? Meine Drei bis Vier war zwar keine Meisterleistung, aber es war kein Ausrutscher.

»Nicht, dass ihr noch Probleme mit der zehnten Klasse bekommt.«

Ich will gerade sagen, dass ich kein Problem mit der Zehnten habe, aber Caro grätscht dazwischen: »Komm mit!«

Kann mir schon denken, was da los ist. Vielleicht hilft es Caro, wenn sie sagt, dass ich genauso schlecht bin. Macht mir nichts aus, ganz im Gegenteil ... *You'll never walk alone!*

Bin schon sehr gespannt, wo wir gleich landen.

Aha, wir gehen in das Zimmer ihres Bruders, der nur noch ab und zu übers Wochenende heimkommt.

So richtig entspannt bin ich nicht, der Riesenbulle geht mir nicht aus dem Kopf.

Aber Caro auch nicht. Irgendwie könnte ich es mir gut vorstellen, hier öfters herzukommen.

So langsam verschwindet der Polizist aus meiner Birne und macht Caro Platz. Vielleicht wird das mit dem Knie ja doch noch was.

»Was nimmt sie dran? Ich brauche eine Drei!«

Oje, Caro klingt ganz schön verzweifelt. Aber ich kann sie verstehen.

»Schwer zu sagen?«, antworte ich.

Ist tatsächlich so. Den Test schreiben wir frühestens in drei Wochen. Und die ersten Hinweise gibt's ein paar Tage vorher. »Ich tippe auf Grammatik. Ist schon lange nicht mehr drangekommen.«

Ah, fuck, ich Blödmann. Kaum hab ich's ausgesprochen ... Grammatik pauken ist total bekackt. Der ganze Past-Present-Future-Käse, Aktiv/Passiv ... totaler Mist. Da bin ich auch nicht so der Weltmeister.

»Grammatik? Im Ernst? Das kann sie nicht bringen. Ich hasse die Shorty!«

Verdammt, jetzt ist sie schlecht drauf. Nicht gut für mein Knie-Projekt. Und wir sitzen noch nicht einmal. Stehen uns immer noch in einem Abstand von zwei Metern gegenüber.

»Äh, nein, halt, warte, das gibt zum Abschluss bestimmt eine Übersetzung.« Ja, Übersetzung ist gut. »Da braucht man zwar auch Grammatik, aber Wortschatz ist da wichtiger. Schlage vor, wir nehmen uns den Grund- und Aufbauwortschatz vor und büffeln zwischendurch Grammatik.«

»Kann vielleicht nicht schaden«, meint Caro.

Hm, sie schaut sich schon mal um. Wo werden wir uns hinsetzen? Hoffentlich auf die Couch da drüben.

Caro schnappt sich den Grund- und Aufbauwortschatz und steuert das eine Ende der Couch an. Yes!!!

Ich werde mich vorerst ans andere Ende setzen, dann können wir uns erst einmal zueinander drehen. Zwar mit einem fetten Meter Abstand, aber schauen wir mal … Ich kann jetzt noch nicht auf Tuchfühlung gehen und angreifen. Das wäre viel zu auffällig. Auch wenn ich das gerne getan hätte. Außerdem kann ja jederzeit Caros Mutter auftauchen. Puh, mir wird gleich ganz warm …

Halt, was war das? Was habe ich da gerade gesehen? Ein Tattoo? Ich könnte schwören, dass ich da den Stiel einer Rose mit einem Blatt dran gesehen habe, als sich Caros Ärmel kurz nach oben geschoben hat. Das Motiv kommt mir sehr bekannt vor.

»Hast du ein Tattoo am Oberarm?«

»Ja, eine Rose.«

Caro schiebt den Ärmel jetzt ganz hoch und zeigt sie mir. Mir bleibt fast das Herz stehen. Als hätte mir jemand mit einem Messer hineingestochen. Exakt das gleiche Motiv wie auf dem Arm von Sven. Das haben die sich bestimmt zusammen stechen lassen.

»Gefällt sie dir nicht?«

»Äh … doch. Habe die gleiche Rose vor ein paar Tagen schon einmal gesehen. Bei Sven. Auch ganz frisch.«

Ich habe Mühe zu sprechen. Als würde mir jemand den Hals zuschnüren. Jetzt geht's mir fast wieder so mies wie vor einer Stunde auf dem Polizeirevier – fehlen nur noch die Tränen. Aber weit davon entfernt bin ich nicht mehr.

»Ja, haben wir zusammen machen lassen.«

Peng, mitten auf die Zwölf – Volltreffer!

Und ist bestimmt nicht das Einzige, das die beiden zusammen machen. Mann, bin ich ein Idiot.

»Geht's dir nicht gut?«

Caro muss mir den Schlag ins Gesicht angesehen haben.

Ob's mir nicht gut geht? Mir geht's super. Komme gerade von der Polizei, die denkt, ich wäre der größte Hooligan der Gegend. Und jetzt kommt noch der größte Vollpfosten des Universums dazu. Da geht's einem doch supergut.

»Ich habe immer noch den Besuch bei der Polizei von grade eben im Kopf«, eiere ich herum. Muss zweimal schlucken und versuche krampfhaft, dass das hier nicht auch noch oberpeinlich wird.

»Dann lass uns das Englischlernen verschieben. Wir haben ja noch Zeit. Und den Grundwortschatz kann ich auch allein büffeln.

Ja, den kann sie locker allein büffeln. Mich sieht sie hier die nächsten zwanzig Jahre sowieso nicht mehr.

»Gibt's ein Problem mit der Polizei?«, kommt aber dann noch von Caro.

Ob es ein Problem mit der Polizei gibt? Das weiß sie doch schon längst! Darüber hat sie mit Sven bestimmt geredet … sofern die beiden nicht mit anderen Dingen beschäftigt gewesen sind.

»Es gibt ein Problem mit Sven!«

Ist mir jetzt alles egal. Das kann sie ruhig wissen … und ihm ausrichten. Außerdem will ich raus hier.

»Vielleicht hast du dich getäuscht.«

Aha, Caro weiß richtig gut Bescheid. Sie verteidigt ihn.

»Hab ich nicht! Im Gegensatz zu Sven war ich nicht stockbesoffen.«

»Du solltest nicht vergessen, dass dir die FC-Fans nach dem Kino aus der Patsche geholfen haben.«

Und du solltest nicht vergessen, dass das nur passiert ist, weil du gleich wortlos in den Bus verschwunden bist. Ach, was soll dieser Scheiß hier …

Toller Nachmittag!

Caro geht mit Sven, texte ich auf dem Weg nach Hause an Nuri.

Weiß ich!

Hä?

Sieht doch ein Blinder!

Stimmt!

Bis morgen, Blinder!

Und jetzt auch noch Mam. Ich werde immer langsamer auf dem Weg nach Hause.

Soll ich ihr sagen, dass ich auf dem Polizeirevier war?

Vielleicht hat Nuri ja recht und die haben nur Druck gemacht, weil sie keine Beweise haben. Und dann gibt's auch keine Staatsanwaltschaft. Und ich höre nichts mehr von der Sache.

Dann wäre es auch überflüssig, dass ich Mam etwas davon erzähle und sie unnötig beunruhige. Reicht ja, wenn ich beunruhigt bin.

»Warst du bei der Polizei?«, ist das Erste, das mich Mam fragt.

Hä? Das können unmöglich ihre feinen Antennen sein. Woher weiß sie das?

»Du siehst schlecht aus.«

Weiß ich, hat mir von einer halben Stunde schon jemand gesagt.

»Die Polizei hat bei mir auf der Arbeit angerufen.«

Auch das noch.

»Wieso hat die Polizei bei dir auf der Arbeit angerufen?«

»Weil sie dich hier nicht erreicht hat. Die wollten wissen, wann du aus der Schule kommst.«

Mist, dann haben diese Blödmänner gleich nach dem ersten Anruf, den ich auf dem Display gesehen habe, bei Mam angerufen.

»War das ein Verhör?«

»Nein, das war kein Verhör. Dieser Riese hat sich mit mir im Kaffeezimmer unterhalten.«

Stimmt zwar, aber weil *Unterhaltung* vielleicht nicht unbedingt zutrifft, bin ich mir nicht sicher, ob ich Mam das so unterjubeln kann.

»Und über was habt ihr euch so unterhalten?«

Ich merke es am Tonfall ... ich muss ihr was anbieten. Möchte nicht, dass wir beide am Schluss wie am Samstag wieder mit feuchten Augen dasitzen. Wird aber nicht einfach. Vor allem darf ich nicht mit *Keine Beweise* daherkommen.

»Das weißt du schon alles ... Die wollten halt wissen, wer sich vor dem indischen Lokal geprügelt und ...«

»Geprügelt? Das hat sich am Samstag aber anders angehört.«

»Ja okay ... «

»Manuel, ich kann nur hoffen, dass das alles gut ausgeht.«

Oje, jetzt hat sie wieder *Manuel* gesagt.

»Aber das bringt jetzt nichts, du siehst wirklich schlecht aus. Lass uns vielleicht morgen weiterreden.«

Da hat sie recht, das bringt jetzt nichts mehr. Aber morgen weiterreden bringt auch nichts. Am besten wär's, ich würde die nächsten zwei Monate schlecht aussehen, damit wir nicht weiterreden müssen.

Wird mir wahrscheinlich nicht schwerfallen.

13.

Am liebsten wäre ich heute zu Hause geblieben. Doch dann hätte Mam wieder nachgehakt … und der ganze Kack wäre wieder hochgekocht.

Aber Caro in der Schule zu sehen, ist auch nicht viel besser. Wobei ich mir nicht sicher bin, was mehr wehtut: Caro endgültig abzuschreiben oder dass ich mich mit meinen doofen Annäherungsversuchen zum Vollidioten gemacht habe.

Vielleicht redet sie ja gerade über mich. Caro steht nämlich bei Lisa und schielt immer wieder her. Wahrscheinlich sagt sie gerade: *Hoffentlich hat er es endlich geschnallt und lässt mich mit seinem dämlichen Knie in Ruhe …*

Selbst in der großen Pause komme ich mir total blöd vor.

»Mach dich wieder locker«, meint Nuri. »Schau mal, da vorne!« Er zeigt auf die Ecke, wo normalerweise die aus der Sechsten und Siebten rumhängen. Da steht Sven und redet auf seine Schwester ein. Zumindest versucht er es. Mia will weglaufen, doch Sven hält sie am Arm fest und quatscht auf sie ein. Kann mir schon denken, um was es da geht. Jetzt reißt sie sich los.

»Ich glaube, ich frag ihn mal, ob er auch eine Vorladung bei den Bullen hatte.« Und zwar, bevor er wieder mit Caro zusammensteckt. Sven kommt gerade in unsere Richtung angelatscht.

»Hamit?«, frage ich Sven.

»Hör bloß auf!« Sven ist ziemlich angepisst.

»Und dann noch der Scheiß mit den Bullen …«, sage ich.

Ich habe keinen Bock, mir den Stress mit Hamit anzuhören. Habe selber genug.

»Da wird nichts anbrennen. Müssen halt dichthalten.« Verstehe, geht eindeutig in meine Richtung. »Scheiß Ausländer!«, kommt dann noch hinterher. Keine Ahnung, ob er Hamit oder die Inder meint. Oder beide.

»Aber wir sind ja heute Nachmittag im *Winnie*. Ich werde mal mit Lars darüber reden. Vielleicht hat der noch eine Idee? Ich kann die nächsten Wochen und Monate keinen Ärger mit den Bullen brauchen.«

Wir? Ich bin heute ganz sicher nicht im *Winnie*. Und wenn da Caro wieder dabei ist, sowieso nicht.

Aber wen hat Sven ins Spiel gebracht? Lars, das dicke Arschgesicht.

»Mit Lars?«, frage ich ungläubig.

»Lars ist da sehr kreativ«, grinst Sven. »Da gab's schon mal so eine Aktion.«

Ich frage lieber nicht nach. Will's gar nicht wissen. Ich habe seine Aktion gesehen, als er dem Bettler das Bier über den Kopf geleert hat. Sehr kreativ … Mit Lars möchte ich nichts zu tun haben. Sage aber auch nicht, dass ich da heute Nachmittag nicht dabei bin. Wird er dann schon mitkriegen. Außerdem kommt Caro schon auf uns zu. Da verdrücke ich mich lieber wieder zu Nuri.

Treffen wir uns bei mir?, textet Sven kurz vor fünfzehn Uhr.

Habe mir schon gedacht, dass da noch was kommt. Ich lass die Nachricht erst einmal so stehen, dass es aussieht, als hätte ich es nicht gelesen. Und irgendwann später schreibe ich, dass was dazwischengekommen ist. Kann ja mal vorkommen.

Ich muss jetzt eine Runde *Doom* spielen.

Dann telefoniere ich mit Nuri. Die Sache mit Lars geht mir nicht mehr aus dem Kopf. Das hat sich nicht gut angehört.

»Hoffentlich machen die keinen Scheiß!«, sagt Nuri am Schluss.

14.

Was ist das für ein Lärm?

Zuerst denke ich, das ist mein *Doom*-Spiel … aber es kommt von draußen. Da läutet einer Sturm! Wie spät ist es? Fast 22 Uhr. Was ist da los?

»MANUEL!« Mam steht in meiner Tür und schaut mich mit entsetzten Augen an. »Was hast du jetzt schon wieder für einen Mist gebaut!?«

Ich habe doch nichts gemacht. Die Antwort kann ich mir aber sparen. Mam ist total hysterisch. Sie würde mir überhaupt nicht zuhören.

Jetzt hämmern sie an die Tür.

»Mach doch endlich auf!«, schreit Mam.

Der Riesenbulle und ein Kollege in Zivil kommen sofort rein, als ich die Wohnungstür öffne. Mam drückt sich an uns vorbei und macht sie gleich wieder zu. Wird aber nichts nützen. Diese Aktion hat das halbe Haus mitgekriegt.

»Wo warst du heute zwischen fünfzehn und siebzehn Uhr?«, fragt der Riese ohne Vorrede. Wir stehen im Flur, nur einen Meter von der Eingangstür entfernt. Mam sieht mich immer noch mit großen Augen an. Sie hat Angst. Ich auch.

»Ich … äh …« Wo war ich zwischen fünfzehn und siebzehn Uhr? Ich war doch die ganze Zeit hier. Die zwei Bullen machen einen Stress, als würden sie jeden Moment die Handschellen anlegen wollen. Ich kann gar nicht mehr richtig denken.

»Wieso?«, fragt jetzt Mam. »Was ist los?«

Sie hat sich wieder einigermaßen beruhigt. Im Gegensatz zu mir. Was wollen die von mir? Wieso tauchen die so spät noch auf?

»Wir stellen hier die Fragen«, schnauzt der Riese.

Sein Kollege in Zivil zupft ihn am Ärmel und sagt: »Wir ermitteln wegen Landfriedensbruch. Also, wo war der junge Mann zwischen drei und fünf?«

»Ich war hier«, antworte ich. Endlich.

Was hat er gesagt? Landfriedensbruch? Was ist das jetzt für ein Scheiß? Ich kenne nur Hausfriedensbruch. Wenn einer ohne Erlaubnis in ein fremdes Haus geht oder so was. Aber Land …

»War jemand da, der dich gesehen hat?«

»Äh … nein.« Mist. »Doch halt, ich habe mit Nuri telefoniert!«

»Telefonieren? Das ist kein Alibi.«

Alibi!? Wieso Alibi?

»Moment!«, kommt jetzt von Mam.

»Okay«, sagt der Zivilist. Wobei es sich für mich nicht anhört, als wäre hier irgendetwas okay. »Wir machen das anders, du bekommst eine Vorladung … und sehr wahrscheinlich eine Anzeige.«

Das gefällt dem Riesen, er nickt zufrieden.

Dann sind sie wieder weg. Wie ein Orkan, der gerade durch die Wohnung gefegt ist. Nur für ein paar Sekunden, aber mit einer gewaltigen, zerstörerischen Kraft.

Ich seh's an Mam. Wieso schaut sie mich immer noch so fassungslos an? »Ich habe nichts getan«, sage ich. »Ich war hier!« Allerdings allein … verdammter Fuck!

»Ach Manuel, hört das nie auf.«

»Was soll denn aufhören? Es hat doch überhaupt nichts angefangen.«

Dann ist es wieder wie am Samstag. Nein, schlimmer. Der Orkan hat plattgemacht, was sein kleiner Bruder am Samstag noch stehen ließ. Es ist einfach alles nur traurig.

Ich kann mich nicht erinnern, dass ich schon einmal froh war, dass es schon halb elf ist und ich ins Bett kann.

Im Bett bin ich dann aber alles andere als froh.

Weil ich mich frage, was da gerade los war. Und warum die Bullen noch einmal aufgetaucht sind und von mir wissen wollten, wo ich zwischen drei und fünf Uhr gewesen bin. Was soll das?

»Ich habe deinen Vater angerufen und dich in der Schule entschuldigt«, höre ich gleich von Mam. Ich glaube, es ist das erste Mal, dass Mam nicht zuerst *Guten Morgen* sagt.

Vielleicht weil es kein guter Morgen ist. Aber wie soll auf so einen schlechten Abend und so eine scheiß Nacht auch ein guter Morgen folgen?

Wieso hat sie Paps angerufen?

»Wir bleiben heute erst einmal hier. Ich habe schon bei der Arbeit Bescheid gegeben, dass ich später komme. Dein Vater kommt gleich vorbei.«

Vielleicht gar keine schlechte Idee. Mam und ich hätten uns hier noch die Kugel gegeben. Und Paps sieht das bestimmt lockerer.

Mam sitzt am Esstisch vor ihrer Kaffeetasse und rührt sich nicht, als es klingelt. Das muss Paps sein. Denkt sie, er hat noch einen Schlüssel?

Keine Ahnung, was sie denkt, ich stehe auf und lasse ihn rein.

»Hi, Manu«, begrüßt mich Paps und strahlt. Er freut sich, mich zu sehen. Und vielleicht auch, wieder einmal hier zu sein. Ich freue mich auch. »So ein Scheiß«, sagt er noch im Flur und meint bestimmt den Ärger, den ich an der Backe habe.

Paps zögert etwas, als er in die Küche kommt.

Mam bleibt sitzen, schaut kurz hoch und nippt an ihrem Kaffee, sagt aber keinen Ton. *Ich bin noch nicht so weit* lässt grüßen.

Paps steht da und sieht etwas verlegen aus. So kenn ich ihn gar nicht. Dann sagt er »Hi« in Richtung Mam, nimmt sich einen Stuhl, setzt sich an den Esstisch und wendet sich mir zu.

»Jetzt mal von vorne«, sagt er, während ihn Mam heimlich mustert. Ich seh's ihr an, sie hat nicht nur wegen mir Stress, sondern auch weil Paps da ist.

»Und was war gestern zwischen fünfzehn und siebzehn Uhr?«, fragt Paps, nachdem ich ihm von den Fußballspielen alles erzählt habe. Fast alles. Nur nicht, dass ich weiß, wer die Flasche geworfen hat. Ich denke, dass Nuri recht hat und ich Sven nicht unbedingt reinreiten muss.

»Keine Ahnung, ich war hier«, antworte ich.

»Hm, hört sich doch gar nicht so schlimm an«, sagt Paps dann. Finde ich auch.

»Hört sich nicht schlimm an!?«, grätscht Mam dazwischen, kaum dass Paps ausgeredet hat. Und in einem total gestressten Ton. »Die Polizei war schon zweimal da und sagt, sie hat Beweise, dass Manuel ein gewalttätiger Hooligan ist, und erstattet Anzeige.«

Jetzt steht sie auf und schaut mich an, als würde sie von mir erwarten, dass ich das bestätige.

Paps will gerade was sagen, doch Mam ist noch nicht fertig. »Aber das kenn ich ja, für dich sind auch andere Dinge nicht so schlimm …«, sagt sie zu Paps und verschwindet aus der Küche.

Ich find's total beschissen, dass Mam jetzt so reagiert. Vielleicht liegt's daran, dass sie jetzt auch die ganze Geschichte gehört hat. Aber im Gegensatz zu Paps versteht sie es nicht. Weil sie echt keine Ahnung vom Fußball und dem ganzen Drumherum hat.

Paps steht auf, geht ihr ins Wohnzimmer nach und macht die Tür hinter sich zu.

Ich hör trotzdem, wie sie streiten.

Hätte mir am liebsten die Ohren zugehalten. Nein, ich war drauf und dran, mit irgendetwas gegen die Türe zu schlagen, damit sie endlich aufhören … damit Mam endlich aufhört. Paps ist doch wegen mir gekommen.

Dann höre ich nur noch den lauten Knall, als die Wohnungstür in den Rahmen scheppert und ich die Treppen runterrenne. Auf der Straße muss ich erst einmal durchatmen. Es kommt mir vor, als wäre ich gerade durchs Fünfzigmeterbecken getaucht und kann jetzt endlich wieder Luft holen.

Am liebsten würde ich wieder hochgehen, mir meinen FC-Schal umbinden und *OLÉÉ … OLÉ, OLÉ, OLÉ!* grölen. Dann hätte Mam endlich ihren Hooligan, für den sie mich hält.

Das Handy schnurrt. Paps. Ich geh ran.

»Wo bist du?«, fragt er.

»Unten auf der Straße.«

»Warte, ich komme!«

Paps schüttelt nur den Kopf, als er aus dem Haus tritt und mich sieht. Er sagt erst einmal nichts. Braucht er auch nicht.

»Ich habe mich heute Morgen schon erkundigt und mit einer Anwältin geredet, die mir ein Freund empfohlen hat«, sagt er dann. »Sie hat deine Handynummer und meldet sich heute noch bei dir.«

»Okay«, sage ich. Gute Idee. »Weiß das Mam?«

»Ja, ich hab's ihr beim Weggehen noch kurz gesagt.«

Dann deutet Paps auf sein Auto, das ein paar Meter weiter steht. »Ich muss los. Wir telefonieren. Und halte mich bitte auf dem Laufenden, wenn sich was tut.«

Dann stehe ich wieder auf der Straße und weiß nicht, wo ich hinsoll.

Was hat Mam gesagt: *Wir bleiben hier.*

Keinen Bock, Mam kann allein hierbleiben. Da ist Schule noch besser. Wenn ich mich beeile, schaffe ich es zu Shorty nach der großen Pause. Muss aber noch meinen Rucksack holen.

»Ja … äh, klar … ja …«, höre ich Mam ins Festnetz-Telefon sagen, als ich wieder in die Wohnung komme, und seh's auch schon an ihrem Gesichtsausdruck, wer da dran ist – der Riesenbulle. »Ja, er ist da … ja, richte ich aus. Er kommt …«

»Eine Vorladung zur Polizei!«, sagt sie, nachdem sie aufgelegt hat. In einem Ton, als hätte ein Richter gerade telefonisch *lebenslange Haft* für mich verkündet.

»Ich werd's mit Paps besprechen«, sage ich nur, schnappe meinen Rucksack und verschwinde, bevor Mam noch etwas sagen kann.

Ich schaue, dass ich schnell ein paar Meter vom Haus wegkomme, bevor ich Paps anrufe. Nicht dass Mam noch mit irgendwas daherkommt.

Paps geht sofort ran. »Ich geb dir die Nummer von der Anwältin. Frau Fink«, sagt er, nachdem ich ihm von der Vorladung erzählt habe. »Ruf da bitte gleich an!«

Gut, dass Mam das jetzt nicht mitbekommen hat. Sie hätte einen Blutsturz bekommen bei der Vorstellung, dass ihr Sohn jetzt auch noch eine Anwältin braucht.

»Darf ich Manu zu dir sagen?«, ist das Erste, das Frau Fink am Telefon sagt. Darf sie. »Du folgst der Vorladung auf keinen Fall. Ich werde das erledigen … und gleich mal fragen, wie es mit einer Akteneinsicht aussieht. Aber wir müssen reden. Kannst du heute Nachmittag bei mir vorbeikommen, siebzehn Uhr?«

»Geht klar. Es ist das Revier in der Nürnberger Straße. Kollek heißt der Polizist«, sage ich ihr noch, bevor sie auflegt.

»Da bist du ja endlich«, sagt Nuri, der mich entdeckt hat und mir im Pausenhof entgegenkommt. »Was geht? Dein Hooligan-Kumpel ist heute auch noch nicht aufgekreuzt. Stinklangweilig. Nicht einmal Stress mit Kemal.« Er deutet mit dem Kopf zu einer Gruppe von Löwen, bei denen auch Kemal steht.

»Wer? Sven!?«

»Inklusive seiner neuen Prinzessin. Die fehlt auch.«

»Caro!?«

»Yes. Obwohl ihr der Englischunterricht nachher bei der Shorty nichts schaden würde …«

Da hat er recht. Aber wer weiß, was die beiden gerade treiben.

»Was war da gestern los?«, fragt Nuri.

»Was meinst du? Keine Ahnung …«, antworte ich, obwohl ich bereits so etwas wie eine Ahnung habe.

»Das steht doch schon online im Polizeibericht. Das waren bestimmt deine Wölfe.«

»Was waren die Wölfe?« Ich verzichte darauf zu sagen, dass es nicht *meine* Wölfe sind. Weil ich merke, wie sich mein Magen zusammenkrampft und mir kalter Schweiß auf der Stirn kommt. Ich habe ein scheißblödes Gefühl. Der Gedanke, was da gestern los war, beschäftigt mich nicht erst seit jetzt.

»Hast du noch nichts gecheckt?«

Habe zwar immer wieder mal dran gedacht, aber freiwillig einen Polizeibericht lesen wäre gerade das Letzte, was mir einfallen würde. Am liebsten würde ich den Kopf in den Sand stecken und von dem ganzen Scheiß nichts mehr mitkriegen.

»Da sind noch mal welche beim Inder vorbeigezogen.«

»Was? Wer?«

Das *wer* kann ich mir eigentlich sparen. Kommen nicht viele infrage.

»Dieses Mal ist mehr als eine Scheibe zu Bruch gegangen«, antwortet Nuri. »Maskierte Typen haben da mit Baseballschlägern rumgetobt. Wollten bestimmt dem Inder Angst einjagen, damit er vielleicht seine Anzeige zurückzieht.«

Sven. Lars, mit seinen kreativen Ideen … Baseballschläger?! Wirklich sehr kreativ!?

»War das gestern zwischen fünfzehn und siebzehn Uhr?«, frage ich.

»Keine Ahnung, kann sein.«

»Die Bullen sind gestern Abend bei mir ziemlich spät aufgetaucht und wollten wissen, wo ich um diese Zeit war. Meine Mam ist ausgeflippt.«

»Kann ich mir vorstellen, wäre bei meiner nicht anders. Und, wo warst du?«

»Daheim natürlich … wir haben doch telefoniert.«

»Stimmt, aber hat dich jemand gesehen?«

»Nö, hab *Doom* gespielt. Wer soll mich da gesehen haben?«

»Keine Ahnung … vielleicht haben sich die Schneiders wieder über dein Geballer beschwert. Oder hat der Pitbull vom Paschke vor deine Wohnungstür gekackt und du bist reingetreten … oder so was.«

Noch nie in meinem Leben wäre ich so froh gewesen, wenn ich gestern um vier in die Kacke von Paschkes Hund getreten wäre.

SCHMUTZ & PARTNER, Rechtsanwälte, lese ich Punkt fünf auf dem Schild neben der Eingangstür an dem mehrstöckigen Altbau. Sieht jetzt nicht gerade nach einer oberfetten Kanzlei aus. Das muss es aber sein. Ganz in der Nähe vom Polizeirevier in der Nürnberger Straße.

Frau Fink wird wohl der Partner sein. *Schmutz & Fink* würde sich auch etwas komisch anhören.

Ich muss kurz meinen Namen sagen, nachdem ich geklingelt habe, aber dann schnurrt schon der Türöffner. Es ist direkt im Erdgeschoss. Eine Frau, etwa so alt wie Mam, kommt mir entgegen. Jeans, Turnschuhe … Die Sekretärin einer Kanzlei hätte ich mir etwas anders vorgestellt, nicht so cool.

»Hallo, Manuel, komm rein«, begrüßt sie mich. »Fink ist mein Name.«

»Äh …« Ups! »Hallo!« Zum Glück habe ich noch nicht nach ihrer Chefin gefragt.

Das Zimmer, in das sie mich bittet, sieht schon eher nach einem Anwaltsbüro aus. Hoher Raum, Verzierungen an der

Decke und ein großer Holzschreibtisch mit einem modernen Bild dahinter an der Wand. In der Ecke lehnt ein supercooles Fahrrad. Mountainbike, aber mit relativ dünnen Reifen.

»Setz dich!«, sagt sie. »Ich war schon bei der Polizei und habe das mit der Vorladung erledigt. Sollten die dich noch einmal einbestellen, gibst du mir sofort Bescheid und gehst auf keinen Fall hin. Das Gleiche gilt, wenn die noch einmal bei dir zu Hause aufkreuzen.«

Hört sich doch gar nicht so schlecht an, denke ich und bin schon wieder etwas lockerer.

»Nach allem, was ich jetzt weiß, haben sie sich dir gegenüber nicht so oberkorrekt verhalten. Ich habe das zwar erwähnt, ihnen aber noch keinen Stress gemacht. Das lassen wir uns noch offen. Denn was ich dann gehört habe, hat sich nicht mehr so gut angehört. Aber jetzt erzähl du mal.«

Was? Wieso nicht mehr so gut? Mit meiner Lockerheit ist es schon wieder vorbei. Ich sage dann ungefähr das Gleiche wie heute Morgen zu Paps in der Küche. So langsam bekomme ich Routine darin.

»Gut, das hört sich schon anders an«, meint Frau Fink, nachdem ich fertig bin. »Ich habe den Eindruck, die Polizei steht unter Druck, braucht ein Erfolgserlebnis und hat sich auf dich eingeschossen.«

Der Kloß in meinem Hals beginnt schon wieder zu wachsen. Und nicht nur der Kloß, mir wird heiß und kalt … »Wieso auf mich? Ich habe doch nichts getan.«

»Die haben deine Fingerabdrücke auf der Bierflasche, die durch eine Scheibe flog. Einem Mann, den man auf den Boden gestoßen hat, wurden mit Fußtritten die Rippen gebrochen. Ein Lehrer und ein Video bekräftigen, dass du jemanden niedergeschlagen hast. Du bist von einer gewaltbekannten Fangruppe dekoriert worden. Und zu guter Letzt sind gestern vermummte Hooligans an dem indischen Lokal vorbeizogen, haben mit Baseballschlägern Fensterscheiben zertrümmert, dem Besitzer gedroht und ihn eingeschüchtert. Du hättest ein Motiv, aber kein Alibi. Das reicht der Polizei für eine Anzeige. Und vermutlich auch für eine Anklage.«

Anklage? Die Worte von Frau Fink kreisen so in meinem Kopf, dass ich kaum etwas rausbringe. »Aber ich habe Ihnen doch gerade erzählt, wie's war …«, höre ich mich schließlich sagen.

»Ich werde das auch so weitergeben. Kann aber gut sein, dass erst der Jugendrichter entscheidet, ob man dir glaubt.«

»Was? Wieso Jugendrichter?«

»So wie ich das einschätze, Manuel, suchen die jetzt schnell einen Schuldigen. Der öffentliche Druck ist gerade sehr groß. Wir müssen damit rechnen, dass ein Ermittlungsverfahren gegen dich eingeleitet wird und der Jugendstaatsanwalt zeitnah Anklage erhebt.«

Ermittlungsverfahren!? Staatsanwalt, Anklage … Verdammter Fuck. Mir wird schlecht.

»Vielleicht wird ein vereinfachtes Verfahren eingeleitet und wir haben bald Gelegenheit, in einer mündlichen Verhandlung den Richter von deiner Unschuld zu überzeugen.«

Mein Gehirn hat die Taktrate verzehnfacht und steht kurz vor einem SYSTEM-ERROR-Absturz …

»Das können die doch nicht machen.«

»Da werden wir leider nicht gefragt, Manuel.«

Ich bin schweißnass, total geflasht.

»Wie geht's denn in der Schule? Wann kommen die Ferien?«

Hä? Wieso will sie jetzt wissen, wie's in der Schule läuft? Verteilt der Richter Fleißbildchen?

Und als könnte sie Gedanken lesen, sagt Frau Fink: »Du solltest bis auf Weiteres jeden Kontakt zu Sven und seinen Fußballfreunden vermeiden. Damit können wir punkten. Kannst du es dir erlauben, die nächsten zwei, drei Wochen nicht zur Schule zu gehen? Für die Entschuldigung würde uns schon was einfallen.«

Ach so, ich kann mir denken, auf was sie hinauswill. »Das ist kein Problem. Das Schuljahr geht noch fünf Wochen. Wir schreiben zwar noch ein paar Arbeiten, aber da ist alles in trockenen Tüchern.«

Das Kettenkarussell nimmt schon wieder Fahrt auf. »Was passiert, wenn der Richter mir nicht glaubt?«, frage ich.

»Ja gut … der muss uns glauben … Kommt drauf an, was in der Anklageschrift steht …«

Zum ersten Mal eiert Frau Fink etwas herum. Aber bestimmt nicht, weil sie unsicher ist. Sie will mir nicht sagen, dass man mir vielleicht nicht glaubt … und ich ins Gefängnis kommen kann.

Der einzige halbwegs klare Gedanke, der mir auf dem Weg nach Hause durch den Kopf geht, ist: Wie sage ich es Mam? Was sage ich Mam? Am liebsten würde ich ihr überhaupt nicht unter die Augen treten.

Ich gehe zu Paps, kommt mir kurz in den Sinn. Das wäre zwar eine gute Lösung für mich, aber eine schlechte für Mam. Sie würde sich die Augen ausheulen.

Nützt alles nichts, ich muss zu Mam.

15.

Machs gut, Alter!, lese ich von Nuri auf dem Weg zum Amtsgericht. Da vorne ist es schon zu sehen.

Danke! Meine Finger zittern beim Antwortschreiben. Und nicht nur meine Finger, mein ganzer Verstand zittert, je näher ich dem Gebäude komme.

Wieso ging das jetzt so schnell?

Vereinfachtes Verfahren. So hat es mir zumindest Frau Fink gesagt.

Okay! Daumen sind gedrückt ... ich brauche dich in der Zehnten.

Gute Vorstellung, mit Nuri in die Zehnte zu gehen. Kriege aber feuchte Augen.

Ich versuche den Kloß im Hals runterzuschlucken und schaue auf die Uhr vom Handy. Neun. Ich bin viel zu früh dran. Weil ich viel zu früh aufgestanden bin. Nein, ich bin überhaupt nicht aufgestanden. Weil ich ja praktisch gar nicht ins Bett gegangen bin. Ins Bett schon, habe aber keine Sekunde geschlafen.

Und so fühle ich mich auch. Als hätte ich die ganze Nacht den Mount Everest bestiegen und jetzt die Todeszone erreicht. Die dünne Luft schnürt mir die Kehle zu.

In einer halben Stunde treffe ich mich mit Frau Fink vor dem kleinen Sitzungssaal. Wo wir uns noch einmal kurz abstimmen, bevor es um zehn Uhr losgeht.

Vor zwei Tagen haben wir schon alles durchgekaut. Es wird

gut, hat Frau Fink gemeint, ich bräuchte nur erzählen, dass ich da nicht mitgemacht habe.

Aber was ist, wenn die Luft im Gerichtssaal noch dünner wird und mir so die Kehle zuschnürt, dass ich keinen Ton mehr rauskriege?

Zwei große Löwen aus Stein befinden sich links und rechts von der breiten Treppe, die zur Eingangstür führt. *AMTSGERICHT* steht auf einem Schild über dem linken Löwen. Von diesen Raubtieren habe ich erst einmal die Nase voll.

Meine Knie werden immer weicher, als ich die Stufen hochgehe.

Wie komme ich da in zwei Stunden wieder runter? In Handschellen? Abgeführt und auf dem schnellsten Weg in die Jugendstrafanstalt? Ich sehe mich schon Gürtel und Schnürsenkel abgeben.

Drinnen muss ich mich am Treppengeländer fast hochziehen. Aber das kennt man ja von der Todeszone.

Zum Glück ist Mam nicht dabei. Noch nicht. Sie wird aber pünktlich da sein, wenn die Verhandlung losgeht. Paps wird auch kommen. Er hätte zwar noch einen Termin, hat er gemeint, doch er würde da sein.

Stühle! Meine Rettung. Vor dem kleinen Sitzungssaal steht eine Reihe von Stühlen. Bestimmt für Zeugen, die hier warten können, bis sie drankommen. Ich bin zwar kein Zeuge, setze mich aber trotzdem hin.

Sitzen, geht mir durch den Kopf. Werde ich auch bald *sitzen*?

Zwei Männer in dunklen Anzügen und Krawatten kommen an mir vorbei. Bestimmt Anwälte oder Richter.

Dann sehe ich Frau Fink die Treppen hochkommen. Ich hätte sie in einem schwarzen Kostüm oder so was erwartet. Sie hat aber die gleiche Jeans an wie vorgestern. Vielleicht schwingt sie sich ja noch in so eine komische Robe. Wenn sie dann noch eine schwarze Maske aufhat, sieht sie aus wie Batgirl.

»Hi, Manuel!«, begrüßt mich Frau Fink. »Geht's dir nicht gut? Du siehst blass aus.«

Könnte von Mam sein. *Wie's einem halt so geht in der Todeszone, ohne künstlichen Sauerstoff*, hätte ich antworten sollen, bringe aber nur ein »Hi ...« raus. Mehr geht nicht. Zugeschnürte Kehle, darunter ein fetter Kloß. Außerdem habe ich einen staubtrockenen Mund, als wäre ich schon vierzehn Tage ohne Wasser in der Sahara unterwegs.

»Wir kriegen den Keller«, sagt Frau Fink.

Was meint sie? Müssen wir wieder runter, findet die Verhandlung im Keller statt?

»Der Richter heißt Keller.«

Ach so. Aber was will sie damit sagen? Ich kenne keinen Richter, der Keller heißt. Ich kenne überhaupt keinen Richter.

»Bei dem weiß man nie, wo man dran ist«, sagt sie dann. Toll.

Oh nein, da kommt Mam.

»Guten Morgen, Frau Grabowski.«

»Guten Morgen, Frau Fink.«

Hat Mam zu mir heute schon *Guten Morgen* gesagt? Hat sie heute überhaupt was zu mir gesagt? Ich weiß es nicht mehr. Ich weiß gar nichts mehr. Liegt bestimmt am knappen Sauerstoff.

Mam schaut mich mit bangem Blick an. Ihre Augen schimmern schon feucht. Sie ist den Tränen nahe.

»Gehen Sie ruhig schon mal rein, Frau Grabowski«, sagt die Anwältin. »Alles wird gut!«

Alles wird gut? Hat Frau Fink gerade *Alles wird gut* gesagt? Vor einer Minute hat sie mir noch erzählt, dass man bei diesem Keller nie weiß, wo man dran ist.

Wir machen uns auch auf den Weg. Frau Fink voraus.

Vor dem kleinen Sitzungssaal steht einer in Uniform und macht uns die Tür auf. Wahrscheinlich passt er auf, weil es eine nicht öffentliche Sitzung ist, dass da nicht jeder reinstiefelt. Er sieht aus wie ein Polizist, könnte aber auch irgendwie zum Amtsgericht gehören. Meine Beine sind so weich wie ein Stück Butter in der Pfanne. Muss aufpassen, dass ich nicht stolpere.

Kleiner Sitzungssaal ist total übertrieben. *Größere Telefonzelle* würde besser passen. Im hinteren Teil stehen drei Tische u-förmig angeordnet. Im vorderen ein paar Stühle. Mehr hätten auch nicht Platz. Vereinfachtes Verfahren bedeutet wahrscheinlich auch vereinfachtes Zimmer.

Wir steuern den Tisch an der linken Wandseite an und setzen uns auf die zwei Stühle.

Ein Mann mit einer Aktentasche kommt rein. Es ist einer von den zweien mit Anzug, die mir auf dem Flur begegnet sind. »Guten Tag, Frau Fink!«, sagt er und nimmt gegenüber Platz. Mich ignoriert er total. Schaut mich nicht einmal an. Als wäre ich überhaupt nicht im Raum.

Schön wär's.

»Guten Tag, Herr Morlock!«, antwortet Frau Fink. »Jugendstaatsanwalt«, flüstert sie mir zu.

Dann blättert sie in ihren Unterlagen herum, die sie in einer Mappe auf den Tisch gelegt hat. Ich schaue auch auf ihre Blätter. Aber nicht, weil mich das interessiert, sondern weil ich dann nicht zu Mam sehen muss, die allein dasitzt wie ein Häufchen Elend.

Zwei Herren kommen hereingeeilt. Der vordere ist bestimmt der Keller. »Bleiben Sie sitzen!«, sagt er gleich in die Runde. »Vereinfachtes Verfahren. Gilt auch für alle Formalitäten.«

Ruckzuck sind die beiden an ihrem Platz an der Stirnseite und breiten ihre Unterlagen aus. Zum Glück mussten wir nicht aufstehen. Ich wäre bestimmt gleich wieder zusammengesackt.

In meinen Ohren hat es angefangen zu rauschen. Nur noch verzerrt höre ich, was der Keller sagt: »... Feststellung der Anwesenden. Alle da. Jugendhilfe, Staatsanwalt, Verteidigung. Der Angeklagte: Manuel Grabowski, sechzehn Jahre, Schüler. Und dahinten sitzt bestimmt ein Elternteil.« Mam nickt. Sie sieht ziemlich niedergeschlagen aus.

Dann schaut mich der Keller an und sagt: »Es steht Ihnen frei, Herr Grabowski, sich zum Vorwurf der Anklage zu äußern oder keine Angaben zur Sache zu machen.«

Stich ins Herz. Mam geht's bestimmt genauso. Keine Ahnung, wer ihn zuerst abbekommen hat. Ich oder Mam. Schiele nur einen Sekundenbruchteil hinüber. Ich bin mir nicht sicher, ob sie das überlebt hat. Mam sitzt zusammengesunken da und schaut auf den Boden. Bestimmt, weil sie Tränen in den Augen hat. Wo bleibt denn Paps?

»Herr Morlock ...«, macht der Keller weiter. »... die Anklage bitte.«

Fuck. Ich kann nur hoffen, dass es in den Ohren von Mam genauso rauscht und der Puls auch so laut ist wie bei mir, dass sie nichts mehr hört.

»Sachbeschädigung gemäß § 303 StGB. Körperverletzung gemäß § 223 StGB. Landfriedensbruch gemäß § 125 StGB.«

Sie hat es gehört. Mit aufgerissenen, entsetzten Augen schaut sie zum Staatsanwalt.

Frau Fink legt mir kurz ihre Hand auf den Arm. Bestimmt hat sie gemerkt, wie ich zittere. Sie will mich beruhigen. Klappt aber nicht. Ich bin von der Todeszone in die Hölle gekommen. Nur noch dumpf wie durch Watte höre ich, wie sie in Richtung Keller und Staatsanwalt sagt: »Mein Mandant bestreitet die Vorwürfe!« Dann nickt sie mir ziemlich nett zu und ergänzt: »Ab sofort werde ich mich im Namen meines Mandanten zu den Vorwürfen äußern.«

Mir fallen eine Tonne Steine vom Herzen, ich hätte keinen Ton rausgebracht.

Weil das Rauschen im Ohr wieder etwas abnimmt, kriege ich dafür die Beweisaufnahme voll mit. Dieser Morlock leiert genau das Gleiche wie der Riesenbulle runter. Die Geschichte mit den Fingerabdrücken … und dem ganzen restlichen Pipapo. Inklusive der Randale mit den Baseballschlägern, wo sich sogar einer der Angestellten durch Glassplitter am Auge verletzt hat … und ich kein Alibi habe. Der ganze Mist, den mir dieser Kollek auch schon vorgehalten hat.

Frau Fink hört sich alles genau an. Als die Stelle kommt, wo ich Nuri geholfen habe und angeblich Kemal getreten hätte, wenn Lochi nicht aufgetaucht wäre, macht sie sich eine Notiz und erkundigt sich bei mir nach Kemal.

Dann ruft der Staatsanwalt einen Inder mit unaussprechlichem Namen als Zeugen auf.

Der indische Koch kommt rein und setzt sich auf einen Stuhl vor dem Richtertisch. Ich erkenne ihn. Er hat zwar keine Kochmütze auf, kommt aber wahrscheinlich direkt vom Herd.

Der Keller belehrt ihn, dass er vor Gericht ist und die Wahrheit sagen muss. Er nickt zwar, bin mir aber nicht sicher, ob er das alles verstanden hat.

»Haben Sie diesen jungen Mann schon einmal gesehen?«, fragt der Staatsanwalt, zeigt in meine Richtung und sagt zu mir: »Stehen Sie bitte auf!«

Mir wird heiß und kalt, die Butterbeine sind auf einmal wieder da. Mühsam rappele ich mich vom Stuhl hoch, stütze mich am Tisch ab und blicke in die schwarzen Augen des Kochs. Er mustert mich von oben bis unten.

Dann nickt er.

Spinnt der!, rast kurz durch meinen Kopf. Aber schon steckt das nächste Messer in meiner Brust. Das war's dann wohl.

»Sie erkennen den Mann?«, fragt der Richter.

Der Inder nickt und sagt: »Ja, war dabei.«

»Hat der junge Mann Sie geschlagen oder getreten?«

Der Koch schaut mich noch einmal an, zuckt dann mit den Schultern und sagt: »Kann nicht sagen.«

»Das kann er nicht alles gesehen haben, wenn er auf dem Boden liegt«, mischt sich der Staatsanwalt ein. »Aber wir wissen ja, wie gewalttätig der Angeklagte ist. Aus dem Polizeiprotokoll geht eindeutig hervor, dass er gerne nach Opfern tritt, die auf dem Boden liegen.«

»Einspruch!«, grätscht Frau Fink dazwischen. »Aus dem Protokoll geht das keineswegs so hervor.«

»Jaja, das Protokoll liegt mir vor«, kommt vom Richter. »Haben Sie auch noch Fragen an den Zeugen, Frau Fink?«

»Nein!«

»Der Zeuge ist entlassen!«, sagt der Keller und schaut auf seine Uhr. »Ich denke, wir sind mit der Beweisaufnahme durch … besteht ja im Wesentlichen aus dem Polizeiprotokoll. Vereinfachtes Verfahren, Herr Jugendstaatsanwalt, Ihr Plädoyer, bitte.«

»Fangen wir mit der Sachbeschädigung des Angeklagten an, die zweifelsfrei durch die Fingerabdrücke erwiesen ist«, sagt der Staatsanwalt und steht auf. »Die Person, von der die anderen Fingerabdrücke stammen, ist durch Zeugenaussagen eindeutig entlastet …«

Was!? Entlastet!? Sven … Welche Zeugen?

Die Erinnerungen rattern jetzt in meinem Kopf runter, dass der Rest der Anschuldigungen an mir vorbeizieht wie ein Film im Schnelldurchlauf. Im gleichen Tempo steigert sich das Rauschen und der Puls in meinem Ohr.

Von Frau Finks Plädoyer bekomme ich nur halbwegs mit, wie sie versucht, alles anders darzustellen …

Ganz kriege ich dagegen mit, dass Paps gekommen ist und versucht, Mam zu trösten. Erfolglos. Ich sehe mit feuchten Augen nur noch verschwommen, wie Mam die Nerven verliert und mit beiden Fäusten auf Paps eintrommelt.

»Frau Grabowski, beruhigen Sie sich«, sagt der Keller. »Wir machen jetzt ohnehin eine Pause und ziehen uns zur Beratung zurück.«

Dann klicken bei mir die Handschellen.

»Keine Ahnung, wie das hier ausgeht«, höre ich Frau Fink neben mir sagen. »Der Richter ist für seine eigenwilligen Urteile bekannt. Ich kümmere mich mal um deine Mutter.«

»Handschellen bleiben dran, bis ich dich zur Urteilsverkündung wieder abhole«, sagt der Uniformierte, als er mich in die Arrestzelle des Amtsgerichts schiebt. JUSTIZ steht groß und fett auf seinem Rücken.

Während ich mich mit den Händen an den Gitterstäben festhalte, sehe ich eine versiffte Pritsche in der Ecke und viele

Schmierereien an der Wand. Es stinkt nach Pisse und in meinem Magen rumort es. In meinem Kopf auch. *Eigenwillige Urteile …!?*, kommt gerade hoch.

Ich wünschte, Mam wäre nicht mehr da, wenn der Richter das Urteil spricht, vor dem ich eine Scheißangst habe.

Butterbeine, Schwindel … ich setze mich auf die Pritsche. Meine Hände mit den Handschellen hängen schwer zwischen meinen Beinen. Ich bin müde, denke an Mam und Paps. Wie sie mich im Gefängnis besuchen. Bestimmt nicht zusammen. Nuri wird auch vorbeischauen. Wird mir erzählen, wie's in der Zehnten läuft. Ist es im Knast wie hier? Ich schaue mich um. Mir ist übel. Oh Mann, kriege feuchte Augen, meine Beine zittern …

»Vegetarier?«

Wie? Was? Ein Uniformierter steht am Gitter.

»Isst du Fleisch?«

»Äh, ja«, quetsche ich heraus. Obwohl mich der Kloß in meinem Hals fast ersticken lässt und es mir bei dem Gedanken daran fast hochkommt. Dann macht er kehrt und geht … mit seinem *JUSTIZ* auf dem Rücken. Sind bestimmt die ersten Infos fürs Gefängnis. Die warten schon auf mich.

In meinen Ohren rauscht es mittlerweile, als würde ein Güterzug durch meinen Kopf fahren … *Richter Keller, Staatsanwalt, vereinfachtes Verfahren* … steht an den Waggons.

Ratsch, klack! Ich zucke zusammen. »Dein Mittagessen.« Der Justizbeamte streckt mir einen Teller mit zwei belegten Brötchen herein. Eins mit Käse, eins mit Wurst. Ich stell's auf den Hocker in der Ecke. Weit weg, dass ich nichts rieche.

Würde mich am liebsten hinlegen, die Augen zumachen … und in meinem Bett wieder aufwachen. Der Zug ist aber noch nicht durch … hört gar nicht mehr auf … *Sachbeschädigung, Körperverletzung, Landfriedensbruch …*

Ratsch, klack wieder. Ich schrecke hoch. Keine Ahnung, ob ich geschlafen habe oder der Zug so lang war …

»Mitkommen!«, befiehlt der Beamte, der mich hergebracht hat.

Im kleinen Sitzungssaal geht es genau so weiter, wie es aufgehört hat. Richter, Staatsanwalt, Frau Fink, Mam, Paps … alle wieder da. Die Uhr an der Wand zeigt vierzehn Uhr. Ich muss mindestens zwei Stunden geschlafen haben. Bis gerade eben habe ich noch einigermaßen gut geatmet, jetzt wird die Luft dünner. Ich bin wieder in der Todeszone.

»Der Staatsanwalt weiß Bescheid, auf dringenden Wunsch der Verteidigerin gehen wir noch einmal kurz in die Beweisaufnahme«, sagt der Keller als Erstes.

Wie? Was? Ich schiele zu den Zuschauerstühlen. Mam sieht etwas besser aus.

»Frau Fink, Ihre Zeugen!«

»Kemal Özdem bitte!«

Hä … Kemal!? Der Justizbeamte macht die Tür auf … und tatsächlich … Kemal kommt hereingestiefelt, schaut etwas bedröppelt drein, nimmt auf dem Zeugenstuhl Platz und wird kurz vom Keller belehrt. Er hat eine von seinen coolen weit geschnittenen Rapperhosen an, kommt aber ziemlich locker daher. Seinen Eiern scheint es wieder richtig gut zu gehen.

Frau Fink steht auf. »Herr Özdem …«

Wenn das nicht alles so traurig wäre, müsste ich fast grinsen. Noch nie habe ich jemand *Herr Özdem* zu Kemal sagen hören.

»… können Sie uns schildern, wie das bei der Rangelei mit Manuel vor der Schule lief, als Sie dann auf dem Boden gelandet sind?«

»Ja … äh …« Kemal schaut kurz zu mir rüber. »Eigentlich war's eine Rache-Aktion für Nuri, weil der mir zwei Tage vorher blaue Eier verpasst hat. Manu hat das gesehen und mich von hinten weggezogen, dass ich auf dem Boden gelandet bin. Er wollte Nuri helfen.«

»Was meinen Sie, hätte Manu Sie noch getreten, wenn der Lehrer nicht gekommen wäre?«

»Nein, so krass ist Manu nicht.«

»Sicher?«

»Sicher! Das wäre total fies, Manu ist nicht so ein Typ.«

»Keine weiteren Fragen.«

»Herr Staatsanwalt?« Der Morlock schüttelt den Kopf. »Dann sind Sie entlassen. Und schicken Sie bitte Ihren Klassenkameraden rein!«

Klassenkameraden? Wer kommt jetzt noch?

Nuri kommt angelatscht, grinst mir entgegen, setzt sich auf den Stuhl, der von Kemal bestimmt noch warm ist, und kriegt die gleiche Belehrung.

»Herr Khoury …«, fängt Frau Fink wieder an, und dieses Mal muss ich wirklich grinsen. »… Sie sind Manuels Freund. Was hat er Ihnen über den Stress nach dem Auswärtsspiel gesagt?«

»Er hat gemeint, dass er es total blöd fand, wie sich die FC-Fans gegenüber den Indern benommen haben.«

»Hat er etwas zu der Bierflasche gesagt, die durchs Fenster flog?«

»Ja. Weil er ja eigentlich gar kein Bier mag, hat er seine

zweite Flasche Sven gegeben, der sie dann später durch die Scheibe geworfen hat.«

»Hatten Sie bei dem Telefonat nachmittags, als Manu befürchtet hat, dass ein paar FC-Fans gerade eine weitere Aktion gegen das indische Lokal verüben, den Eindruck, dass Manu zu Hause ist?«

»Ja. Im Hintergrund waren Töne und Musik eines PC-Spiels zu hören. Er hat *Doom* gespielt.«

»Keine weiteren Fragen.«

Der Staatsanwalt will auch nichts mehr von Nuri wissen, der dann den Raum wieder verlassen muss.

»Herr Morlock, Frau Fink, bitte kurz zu mir.«

Keine Ahnung, was ich davon halten soll. *Der Richter ist für seine eigenwilligen Urteile bekannt,* kommt wieder hoch. Jedenfalls stehen Frau Fink, der Morlock und der Keller in einer Ecke und stecken die Köpfe zusammen. Verstehen kann ich nichts, aber der Keller redet die meiste Zeit und der Morlock nickt dazu.

Die machen bestimmt einen Deal. Das habe ich schon öfters in der Glotze gesehen, dass es das gibt. Drei Monate statt sechs oder so was.

Dann gehen alle wieder auf ihre Plätze. Frau Fink und der Morlock setzen sich hin, der Keller bleibt stehen und verkündet: »Die Beweiskette der Anklage ist zusammengefallen. Es ist sehr fraglich, ob die Flasche vom Angeklagten geworfen wurde. Ebenso verhält es sich mit der Gewaltbereitschaft.« Nach einer kurzen Pause wendet er sich an mich: »Herr Grabowski, ich denke, dass Sie da in etwas hineingeraten sind, das Sie nicht kannten. Ich denke aber auch, dass es Gelegenheit gegeben hätte, diese Szene rechtzeitig zu verlassen.«

Wieder eine kurze Pause, dann fragt er mich: »Wissen Sie, was im Jugendstrafrecht ein sogenannter Warnschussarrest ist?«

»Äh … nein.«

»Jetzt wissen Sie es. Das waren die drei Stunden in der Mittagspause. Betrachten Sie es also als Warnschuss. Das Verfahren wird gemäß § 47 JGG eingestellt!«

Was? Heißt das …? Mir wird ganz warm. Und keine dünne Luft mehr.

Der Richter und der Morlock packen ihre Akten zusammen und stehen auf. Frau Fink erhebt sich ebenfalls und streckt mir die Hand entgegen. Ich will auch aufstehen, geht aber nicht. Die Butterbeine. Ich drücke mich irgendwie hoch und gebe Frau Fink die Hand. Gleichzeitig sehe ich Mam. Sie weint, aber sie lächelt.

Und ich sehe noch etwas: Die Knie von Mam und Paps berühren sich.

Fritz Fassbinder schipperte zwei Jahre mit dem Schulschiff Deutschland um die halbe Welt. Später tauschte er die hohe See gegen das Weltall und war für die Europäische Weltraumorganisation tätig. Die Zusammenarbeit mit der Polizei inspirierte ihn schließlich zu seinen Kriminalgeschichten. Wenn er nicht gerade liest oder schreibt, erklimmt er steile Berge oder bestreitet den New York City Marathon.